# Más allá de la verdad

## Robyn Donald

**HARLEQUIN®**
Tiempo para ti®

Editado por HARLEQUIN IBÉRICA, S.A.
Hermosilla, 21
28001 Madrid

I.S.B.N.: 84-671-0071-0
Depósito legal: B-42161-2002
Editor responsable: M. T. Villar
Diseño cubierta: María J. Velasco Juez
Composición: M.T., S.L.
Avda. Filipinas, 48. 28003 Madrid
Fotomecánica: PREIMPRESIÓN 2000
c/. Matilde Hernández, 34. 28019 Madrid
Impresión y encuadernación: LITOGRAFÍA ROSÉS, S.A.
c/. Energía, 11. 08850 Gavá (Barcelona)
Fecha impresion para Argentina:25.8.03
Distribuidor exclusivo para España: LOGISTA
Distribuidor para México: PUBLICACIONES SAYROLS, S.A. DE C.V.
Distribuidores para Argentina: interior, BERTRAN, S.A.C. Vélez
Sársfield, 1950. Cap. Fed./ Buenos Aires y Gran Buenos Aires,
VACCARO SÁNCHEZ y Cía, S.A.
Distribuidor para Chile: DISTRIBUIDORA ALFA, S.A.

# Capítulo 1

ASÍ QUE esta es Anne Corbett –murmuró Wolfe Talamantes, mirando la fotografía. Era la mujer más bella que había visto en su vida. Incluso más que la estrella de cine con la que compartió cama durante unos meses.

–Rowan Corbett –lo corrigió el hombre que estaba al otro lado del escritorio.

–Te pedí que investigases a Anne Corbett.

–Su nombre completo es Rowan Anne Corbett. Al parecer la llamaban Anne cuando era pequeña, pero ahora se llama Rowan Corbett.

Wolfe volvió a mirar la fotografía. No lo sorprendía que fuese tan bella. Tony era famoso por su buen gusto en cuanto a mujeres.

Tenía el cuello largo y elegante, el pelo negro con reflejos rojizos, sujeto en un moño. Pómulos altos, mentón firme y labios muy generosos que le daban un aspecto ligeramente exótico.

A pesar de la seriedad de sus ojos y la impresión que daba de control, por primera vez en su vida Wolfe entendió el encanto de lo prohibido. Y a su mente acudió la imagen de una piel de seda y una cama de sábanas arrugadas durante una noche de fiera pasión.

Había esperado precisamente eso: una mujer tentadora que destacase por encima de otras mujeres bellas porque emitía una promesa de arrebatada carnalidad.

¡Pero aquellos ojos! Una mezcla de oro y ámbar, bordeados por largas pestañas oscuras. Unos ojos que harían volver la cabeza a cualquier hombre, que encenderían su sangre y lo harían olvidar a cualquier otra mujer.

Unos ojos como para matar por ellos.

Para morir por ellos...

Wolfe, un hombre sensato, experimentó un deseo casi primitivo al enfrentarse con aquellos ojos.

Apartando la mirada de la fotografía, se dirigió a su jefe de seguridad:

—Y ahora trabaja de camarera en un café en la bahía de Kura, al norte del país.

—De siete de la mañana a dos de la tarde, de lunes a sábado.

Wolfe levantó una ceja. Si no se equivocaba, su experimentado jefe de seguridad sentía la misma fascinación que él.

—Te gusta, ¿verdad?

El hombre sonrió.

—Resulta muy agradable a la vista. Pero es demasiado joven para mí, y mi mujer me cortaría el cuello si hiciese algo más que mirar... como tú bien sabes.

Wolfe asintió.

—¿La señorita Corbett sabe que le has hecho esta foto?

—Estoy casi seguro de que no lo sabe.

—¿Casi?

El otro hombre vaciló.

—Fue agradable, pero tan distante que me pregunté si sospechaba algo... hasta que me enteré de que es distante con todo el mundo. Y se dedica a la cerámica.

—¿Cómo?

—Hace platos y objetos de cerámica. Por lo visto, es bastante buena.

—¿Tiene novio? —preguntó Wolfe, intentando parecer desinteresado y sin conseguirlo del todo.

—No. Y tampoco tiene amigas. Es una chica muy solitaria.

—¿La gente de Kura conoce su pasado?

—Sí, pero no hablan de ello. Es la última de una vieja familia de pioneros. Parece ser que su madre murió al dar a luz y su padre, un policía, solía llevarla allí durante las vacaciones; de modo que la conocen desde niña.

—¿Y no has podido sacarles nada?

—Esos pueblos tan pequeños son todos iguales... la gente sabe los cotilleos de todos los vecinos, pero a los forasteros no les cuentan nada. Ah, por cierto, me he enterado de que es una experta en artes marciales. Te lo digo por si acaso.

–Ya sabes que a mí me gustan las peleas limpias –sonrió Wolfe.

Su jefe de seguridad, que lo había ayudado a librarse de tres matones armados en un callejón sudamericano, soltó una risita.

–Porque eres letal con los puños –dijo, alargando la mano para tomar la fotografía.

Pero él se lo impidió.

–Me la quedo.

–Muy bien. ¿Alguna cosa más?

–No. Gracias por todo.

Cuando se quedó solo, Wolfe levantó su metro noventa de la silla para acercarse a la ventana, pensativo.

El paisaje era una calle ordinaria en una ciudad ordinaria, una mezcla de peatones, coches, ruidosas motos... Entonces se fijó en un grupo de gente con sandalias y camisetas de colores brillantes.

¿Ordinaria? No, no podía ser otro sitio más que Auckland.

Normalmente le gustaba volver a Nueva Zelanda, pero desde la llamada telefónica de su madre estaba nervioso y agresivo.

Durante seis años se había olvidado de Rowan Anne Corbett, pero no podía ignorar a su madre.

–He encontrado a Anne Corbett –le había dicho, con aquella voz lánguida y enfermiza que le recordaba lo que no quería recordar.

Un año después de la muerte de su hijo pequeño, Laura Simpson había sucumbido ante una depresión que la dejó sin fuerzas ni ganas de vivir. Ni los mejores médicos del mundo pudieron hacer nada hasta que uno de ellos, el más sincero, le dijo que sencillamente tenía el corazón roto y no había cura para eso.

—¿Dónde la has encontrado? —preguntó Wolfe.

—Ha sido una coincidencia. Mi amiga Moira la vio trabajando en un café en la bahía de Kura y le preguntó su nombre.

—¿Por qué?

—Porque estuvo conmigo durante la investigación y la reconoció.

—¿Te has puesto en contacto con ella?

—Le escribí una carta y ella me ha contestado diciendo que hace seis años le dijo al forense todo lo que sabía sobre la muerte de Tony. Quería llamarla por teléfono, pero no está en la guía —suspiró su madre—. Dejé un mensaje para ella en el café, pero como no me ha llamado pienso ir allí dentro de unos días.

—No quiero que vayas, mamá —dijo Wolfe, furioso con Rowan Anne Corbett por negarse a hablar con una mujer enferma. Incluso viajar en avión la dejaría exhausta—. Iré a verla yo mismo.

—Gracias. Y cuando lo hagas, cuando la veas, dile que no la culpo por lo que pasó. La usé como chivo expiatorio y lo siento. Solo tenía veintiún años... Pero necesito saber qué pasó aquella tarde.

Su madre podría haber perdonado a Rowan Anne Corbett, pero él no. Con su pelo negro y aquel rostro de sirena había sido la responsable directa de la muerte de su hermanastro.

Laura Simpson vaciló un segundo antes de preguntar:

—Wolfe, ¿notaste algún cambio en Tony después del accidente?

—¿A qué te refieres?

—Me pareció que estaba más serio. Más... no sé, intenso.

—Es lógico después de un accidente de tráfico. Esas cosas te hacen pensar.

—Sí, claro. Es verdad.

Antes de colgar, Wolfe le prometió ir a comer con ella la semana siguiente.

Y después miró de nuevo la fotografía con una sonrisa amenazadora. Aquella vez Rowan no podría escapar con mentiras y subterfugios.

Seis años antes, una neumonía lo tenía prisionero en un hospital al otro lado del mundo, obligando a su madre a lidiar sola con la investigación sobre la muerte de Tony.

Su incapacidad de protegerla le dejó una herida que se hizo más profunda al saber que Rowan Corbett había desaparecido sin dejar rastro.

Pero la obligaría... o la seduciría para sacarle

la verdad. Haría lo que tuviese que hacer y disfrutaría de ello.

Anne... Rowan Corbett había llevado a Tony a la locura, pero él era más duro que su ingenuo y mimado hermano. Wolfe tomó la fotografía y la guardó en un cajón que cerró de golpe, con desprecio.

Media hora más tarde, sin poder dejar de pensar en aquel rostro serio y eróticamente intrigante, lanzó una maldición. Sin pensar abrió la página del periódico local en Internet y, al hacerlo, la palabra «Rowan» llamó su atención.

Incrédulo, buscó el artículo. Por lo visto, una galería de arte exponía aquella misma noche una colección de cerámica, pintura y vidrio soplado. Según el periodista, todos eran trabajos muy buenos, pero reservaba los mejores elogios para la cerámica de alguien llamado Rowan.

Nada más. Rowan.

Y el periodista lo elogiaba con calificativos como «esmaltes de brillo extraordinario», «forma soberbia», «una nueva estrella en la constelación artística de Nueva Zelanda».

Wolfe examinó la fotografía de un jarrón. Elegante de forma, era un diseño muy original, muy hermoso.

Quizá sería demasiada coincidencia, pero él era un hombre acostumbrado a dejar que la intuición dictase sus decisiones.

Por el momento, aquel misterioso instinto

nunca lo había decepcionado, todo lo contrario; fue así como convirtió la pequeña empresa de electrónica que le dejó su padrastro en una multinacional de la información tecnológica.

Una inteligencia formidable y una gran habilidad para saber lo que los consumidores demandaban había ayudado en esa subida meteórica. Y también la implacabilidad. Pero sus adversarios lo respetaban, y su personal le era absolutamente fiel. Wolfe esperaba lo mejor de ellos, pero a cambio ofrecía las mejores condiciones de trabajo.

–Señorita Forrest –dijo entonces, pulsando el intercomunicador–. Consígame una entrada para la exposición de esta noche en la galería Working Life.

Rowan intentaba controlar un ataque de nervios que empezaba a parecer un humillante ataque de pánico.

–No quiero ir –murmuró, mirándose al espejo. La imagen que veía reflejada era la de una completa extraña.

Asombroso lo que podían hacer unos cosméticos bien aplicados.

Bobo Link, su agente, dejó escapar un suspiro.

–No puedes estar toda la vida escondiéndote.

–No estoy escondiéndome –replicó Rowan.

–Viviendo como una ermitaña en Kura, trabajando como una esclava en un café deprimente, negándote a salir ni a ver a nadie... ¿Eso no es esconderse?

–Es que tengo mucho trabajo. Quieres vender mis trabajos de cerámica y...

–Pues sal y vende –la interrumpió Bobo, su sincera y brutalmente honesta representante artística–. Estás preciosa... los ojos y la boca me han quedado estupendos. Aunque hay buen material para trabajar, es cierto.

–La verdad es que no me reconozco... Pero a mí no se me da bien vender. Deberías hacerlo tú por mí.

–Tonterías. La gente siempre quiere conocer al autor de las obras que compran y tú eres un regalo del cielo, Rowan. Además de una gran artista, eres preciosa y quedas genial en las fotos.

–No soy una modelo –protestó ella.

Bobo suspiró de nuevo.

–No te preocupes, tu trabajo destaca por sí mismo. Pero Frank hizo una crítica tan estupenda en el periódico, que sería una lástima no explotarla... usarla. Eres un genio, pero los jarrones no se comen. Y si no quieres tener que seguir trabajando de camarera toda tu vida, será mejor que aparezcas esta noche en la exposición.

Rowan se miró al espejo, pensativa. Llevaba una blusa de seda negra y una falda larga de cuero que le había prestado su representante. Debía reconocer que estaba muy guapa, pero...

–Muy bien, iré. Pero no puedo ponerme esta blusa tan transparente... ¡mis pechos no están en venta!

Bobo levantó los ojos al cielo.

–Ese padre tuyo tiene que responder de muchas cosas. Si no se te ve nada...

–¿Cómo que no? ¡Se me transparenta todo!

–Bueno, si alguien mira muy de cerca... Pero ahora se lleva así. Yo me pongo esa blusa muchas noches.

–Tú saldrías a la calle desnuda si te dejaran –rio Rowan–. ¿Y si me pongo un sujetador?

–Fatal. Quedaría muy hortera.

–Pues yo así no voy.

Suspirando, Bobo sacó una camisola de seda negra del armario.

–Los sacrificios que una tiene que hacer... Ponte esto debajo, anda.

–¿Qué es?

–Una camisola, boba. Así no se transparentará nada.

–No te merezco –sonrió Rowan, quitándose la blusa. Después volvió a mirarse al espejo–. Ah, ahora sí.

–Es cierto, no me mereces. Pero estás preciosa, así que deja de gimotear.

–Yo no estoy gimoteando.

–¿Cómo que no? Tu padre debía ser una persona maravillosa, pero te educó como una ursulina. Era demasiado anticuado... no te enfades conmigo por decir esto. Tienes un aspecto tan *sexy*, tan perverso... y luego resulta que eres Caperucita Roja.

–¿Caperucita Roja?

–Sí, eso mismo. ¿Y cómo vas a reconocer al lobo si no te espabilas? –suspiró Bobo, abrazándola.

«¿Cómo?», se preguntó Rowan.

Tony había sido el único hombre de su vida y después, aterrada por el caos que había creado aquella relación, decidió concentrarse en su trabajo, a través del cual canalizaba toda su energía creadora.

–Esta noche no eres Rowan Corbett, artista ermitaña. Eres Rowan, una mujer misteriosa y sofisticada cuyos trabajos dentro de poco se pagarán a precio de oro... y yo me llevaré un diez por ciento. ¡Así que vamos, tenemos mucho que vender!

Media hora más tarde, con una copa de champán en la mano, Rowan miraba a su alrededor intentando ver a todos los invitados en ropa interior.

Pero no la ayudó nada. Seguía asustada. No debería haber dejado que Bobo la convenciese. Toda aquella gente vestida con ropa de diseño y besando al aire, tan sofisticados, tan risueños... la ponían de los nervios.

Cuando miró su copa, decidió que había bebido más que suficiente para darse valor. Además, tenía veintisiete años y debía comportarse como una mujer adulta. Y si no sabía hacerlo, ya era hora de aprender.

–Cariño, quiero presentarte a alguien –oyó la voz de Bobo tras ella.

Por su tono, notó que ese «alguien» debía ser un comprador y se volvió con una sonrisa en los labios.

–Hola.

–Rowan, te presento a Wolfe Talamantes.

Como si estuviera cayendo por una pendiente, Rowan se enfrentó con un hombre altísimo de aspecto... peligroso. Era muy guapo, con facciones de pirata, pero su potente magnetismo llegaba de dentro, no a causa de un arreglo genético fortuito.

El pánico aumentó entonces, pero soltó una risita nerviosa al recordar su conversación con Bobo. Wolfe. Lobo en inglés... sin la «e», claro.

Él arrugó el ceño al verla reír. Tenía la nariz recta... o debía haberla tenido antes de que se la partieran. Pero en lugar de afearlo, aquello lo hacía aún más atractivo.

–Sí, lo sé. Es un nombre raro.

Tenía una voz ronca, muy masculina. Una voz que la hizo sentir un escalofrío. La voz del lobo, desde luego.

–No, no, perdone. Es que tengo un perro que se llama Lobo.

–¿Un caniche?

–No, un pastor alemán.

–Rowan, el señor Talamantes está interesado en el número 47. El jarrón verde.

–Ah, me alegro.

–Tienes mucho talento, Rowan –dijo él, apretando su mano.

Era absurdo, pero tenía la sensación de que estaba haciéndole el amor... contra su gusto, forzada por un deseo más grande que la formidable voluntad del hombre.

–Gracias –murmuró, tragando saliva.

Aquel hombre tenía un carisma masculino, una fuerza que la envolvía como si quisiera tragarla. Su arrogancia, su tamaño, la fuerza de sus músculos la hacían sentir recelo y curiosidad a la vez.

–¿Me perdonáis? Tengo que ir a hablar con otra persona –dijo Bobo entonces.

Wolfe sonrió.

–¿Te molesta que nos quedemos solos, Rowan? Sus ojos eran de color verde esmeralda, con puntitos dorados, como pepitas de oro en el fondo de un río. Y, al mirarlos, el instinto le dijo que saliera corriendo porque aquel Wolfe Talamantes tenía el poder de poner su mundo patas arriba.

–Claro que no –murmuró, apartando la mirada–. ¿El número 47? –preguntó entonces, intentando desesperadamente parecer una sofisticada artista vendiendo su producto–. Ah, sí, es una pieza interesante.

No habría podido decir nada más sobre el número 47 aunque le fuera la vida en ello. Excepto quizá que era del mismo color que sus ojos.

–Una pieza hermosísima –dijo él, mirando sus labios.

El corazón de Rowan dio un vuelco. Era tan sutil como un martillo pilón, pero que fuese tan directo despertó una respuesta inmediata en todas las células de su cuerpo.

«Magia negra», pensó, buscando el número 47. Tenía buen gusto, era una de las mejores piezas.

–Lo pasé muy bien haciendo ese jarrón –dijo, tragando saliva.

–¿Dónde aprendiste a hacer cerámica?

–En Japón.

–¿En Japón?

Ella se encogió de hombros.

–El artista que más admiro en el mundo vive en un pueblecito cerca de Nara, así que fui a aprender con él.

Se sentía como bajo un potente foco. Le pesaban las piernas y tenía la piel tan sensible, que la seda de la camisola casi la quemaba.

–¿Así de sencillo?

–Bueno, no... Al principio él se negó a verme.

Y era lógico. Es uno de los ídolos de Japón mientras yo solo era una extraña sin credenciales, una mujer occidental de veintiún años.

–¿Cómo lo convenciste para que te diera clases? –preguntó Wolfe.

La frialdad en su tono de voz envió un escalofrío de aprensión a su espalda.

–Acampé delante de su casa y, al final, aceptó ver alguno de mis trabajos. Pero le parecieron horrendos, y estuve un mes haciendo piezas hasta que me aceptó como alumna.

–De modo que admiraba tu testarudez. Y reconocía tu talento, de lo contrario no te habría dejado acampar frente a su casa.

–Era un hombre imposible –sonrió ella–. Y exigía absoluta obediencia.

–¿Eso te parecía difícil?

El tono ronco de su voz hacía que se estremeciera. Solo podía compararlo con el placer que le producía trabajar con la arcilla.

–Mucho.

–Pero conseguiste contener tu espíritu independiente.

–Era eso o marcharme. Me enseñó como lo habían enseñado a él. El día que me negué a hacer lo que pedía, me dijo que había llegado la hora de marcharme. Nos despedimos muy formalmente, pero le escribí una carta cada semana hasta que murió.

–¿Cuántos años estuviste con él?

–Cinco.

Wolfe Talamantes estaba demasiado cerca. Con otro hombre no habría tenido aquella sensación, pero él era demasiado alto, demasiado imponente.

–¿Cuánto tiempo tienes que quedarte aquí? –preguntó entonces.

–¿Qué?

–¿Cuánto tiempo tienes que quedarte en esta insípida recepción? Y no me digas que te parece maravillosa. Llevo un rato observándote y estás aburrida. ¿Has cenado ya?

–No, pero...

–Cena conmigo.

Rowan lo miró con el pulso acelerado. Su instinto femenino le advertía que dijera que no, pero se daba cuenta de que era un pirata... y los piratas no aceptaban un no por respuesta.

Una convicción más primitiva le decía que no era solo el interés sexual de un hombre por una mujer, sino algo más profundo. A pesar de la atracción que había entre ellos, intuía una oscura contradicción.

Pero quizá era por su parte...

–No me mires con esa cara. Supongo que te habrán invitado a cenar otras veces. Incluso en Japón.

–Nunca me ha invitado un hombre al que no conociera.

Wolfe sonrió. Una sonrisa despreocupada, de hombre seguro de sí mismo.

–Nos ha presentado una amiga. Eso satisfaría a cualquier carabina... si existieran carabinas en nuestros días.

Rowan parpadeó.

–Voy a cenar con Bobo. Puedes venir si quieres...

–Se lo preguntaremos –la interrumpió él, buscando a Bobo con la mirada.

Su representante estaba hablando con un grupo de gente, pero se acercó a ellos cuando Rowan le hizo una seña.

–¿Ocurre algo?

–Acabo de invitar a Rowan a cenar, pero dice que no puede porque ha quedado contigo –sonrió Wolfe.

Bobo sonrió de oreja a oreja.

–Resulta que a mí también acaban de invitarme, así que no importa. Pero antes de irte, Rowan, ven conmigo a saludar a Georgie.

Mientras se acercaban a la propietaria de la galería, que estaba impartiendo su saber artístico a varios invitados, Rowan sintió los ojos verdes del hombre clavados en su espalda.

Georgie la saludó efusivamente, anunció que la mitad de las piezas ya habían sido vendidas y la presentó a su corte de admiradores.

Apartándola profesionalmente poco después, Bobo la llevó a un despacho privado.

–¿Tú sabes quién es Wolfe Talamantes?

–No –admitió Rowan–. Pero me suena su nombre...

–Ah, claro, tú no lees los periódicos –suspiró su representante.

–Leo los titulares en el café –replicó ella.

–Estos artistas... Todo el mundo en Nueva Zelanda conoce a Wolfe Talamantes.

–¿Quién es? ¿Una estrella del rock, un actor de cine?

# Capítulo 2

WOLFE Talamantes es mitad neozelandés, mitad mexicano.

—Ah, por eso tiene un apellido tan raro.

—Es un magnate de la tecnología e increíblemente rico —explicó Bobo—. Inmensamente rico, multimillonario.

—Según la información económica, si es un magnate de la tecnología, pronto estará en bancarrota —replicó Rowan—. ¿Ves? Leo los periódicos.

—Este hombre no. Su negocio es muy sólido. Levantó una pequeña empresa de electrónica aquí en Auckland y la convirtió en una multinacional que vende a todo el universo.

Se veía en su cara, pensó Rowan. Las facciones arrogantes, la nariz rota, el mentón cuadrado, los ojos color esmeralda, la boca grande... todo proclamaba la mezcla de visionario y duro hombre de negocios.

—No sabía que en Nueva Zelanda hubiera multimillonarios.

—Pues te sorprenderías —sonrió Bobo—. Wolfe

Talamantes es un hombre duro... bueno solo hay que mirarlo, ¿eh? No está casado, pero ha tenido muchas amantes.

–¿Y estás echándome en las fauces de ese lobo? –preguntó Rowan, sintiendo mariposas en el estómago.

–Sé que no es el tipo de hombre que te hace sentir segura. Pero, ¿por qué no probar? Aunque debes saber desde el principio que no será nada permanente.

–No me gustan los hombres promiscuos –replicó ella–. Y solo voy a cenar con él, no pienso tener una aventura.

Tony no ocultaba que se había acostado con muchas mujeres. Parecía creer que eso lo haría más atractivo a sus ojos.

Bobo se encogió de hombros.

–Ninguna persona sensata es promiscua en estos días. No, por lo visto es un monógamo «en serie».

–¿Cómo?

–Que las novias le duran un tiempo y luego busca otra. No tienes que acostarte con él, pero un par de cenas con Wolfe Talamantes serían una publicidad estupenda. No he oído que coleccione nada más que dinero y mujeres guapas, pero sería noticia si decidiera coleccionar tus obras.

–Ese tipo de publicidad no me interesa –dijo Rowan, irritada consigo misma.

No le gustaba sentirse atraída por un multimillonario que tenía una novia diferente cada mes.

–Cualquier publicidad es buena publicidad... y no te atrevas a decirle que no ahora.

–Todavía no le he dicho que sí.

–Mira, no va a pasar nada. Es un tipo muy *sexy*, pero no cuentan historias raras de él y lo harían si tuviera costumbres perversas. Es un hombre con sangre en las venas pero, según todo el mundo, también es un caballero. Disfruta de una cena con él, nada más –dijo Bobo mirando su reloj–. Vamos, tenemos que irnos de aquí.

El asquerosamente rico y atractivo Wolfe Talamantes estaba hablando con una pelirroja vestida de cuero negro. Pero en cuanto vio a Rowan se despidió de ella, dejándola prácticamente con la palabra en la boca.

–Que disfrutes de tu cena –le dijo a Bobo.

–Lo mismo digo.

–Gracias –murmuró él, burlón.

Rowan se puso tensa, tanto que tuvo que ordenarle a sus piernas que se movieran entre la gente. Temblaba bajo el escrutinio de muchos pares de ojos, pero un deseo subversivo rompió sus defensas como lava ardiente... hermosa, peligrosa y destructiva.

No eran solo sus facciones lo que llamaba la atención, ni la gracia de su paso, ni el impacto de su altura o los anchos hombros.

No, la gente que lo miraba respondía instinti-

vamente al aire de autoridad que Wolfe Talamantes llevaba como una capa invisible.

«Y a sus ojos», pensó, viendo que una chica
se ponía colorada al mirarlo. Unos ojos verdes
enigmáticos, con aquellos puntitos dorados que
parecían aprisionarlo todo. Los ojos de aquel
hombre eran como para perderse en ellos... unos
ojos que podían encenderse o helarse a voluntad.

–Había pensado que fuéramos a Oliver –dijo
él cuando se acercaban a la puerta.

–¿Oliver?

–Es un restaurante nuevo.

–Yo no conozco muchos restaurantes en
Auckland. Vivo en el campo –explicó ella.

–¿Dónde? –preguntó Wolfe, abriendo la puerta
de cristal y mirando a un lado y otro de la calle.

Rowan se preguntó por qué habría hecho ese
gesto, como si estuviese vigilando.

Aunque era lógico. Incluso en Nueva Zelanda
la vida podía ser peligrosa para alguien tan rico
como él.

–Vivo en el norte –contestó, sin dar más datos.

Un hombre que parecía un boxeador salió de
un Mercedes aparcado frente a la galería y abrió
ceremoniosamente la puerta.

Rowan se dejó caer sobre el asiento de piel,
infinitamente más cómodo que los asientos del
descapotable de Tony.

Pero debía recordar lo que el dinero le había
hecho a Tony.

«Él era un hombre débil y Wolfe Talamantes no lo es», le dijo una vocecita.

Y, por lo tanto, era mucho más peligroso. Incómoda, miró el duro perfil de Wolfe, pero tuvo que apartar la mirada inmediatamente.

–Una mujer misteriosa –dijo él entonces.

Rowan decidió que, probablemente, estaba tan seguro de sí mismo que pensaba tener su dirección y teléfono después del primer plato.

Y decidió no dárselo, por mucho que su cuerpo respondiera ante la recia sexualidad del hombre.


Oliver estaba en el primer piso de una torre de lujosos apartamentos.

–El restaurante es más discreto –murmuró Wolfe cuando entraron en el enorme vestíbulo, un especie de templo con sofás de diseño y suelos de mármol–. Supongo que te hará daño a los ojos después de la discreción japonesa, pero la comida es muy buena.

El *maître*, que parecía estar esperando, los llevó a una mesa apartada de las demás. Al fondo había una pista de baile en la que una orquesta de jazz tocaba un ritmo suave y sensual.

Wolfe pidió una botella de champán francés, de esas que Rowan solo había visto en las películas.

–¿Qué quieres tomar?

Ella se quedó inmóvil al sentir el impacto de su mirada. Lo sabía, sabía lo que sentía porque él sentía lo mismo. La intuición le advertía que le gustaba tan poco como a ella... y que, como ella, era incapaz de controlarlo.

Su apetito desapareció para dar paso a otro apetito más exigente y eligió lo primero que vio en la carta.

—Los champiñones. Y luego tomaré pescado... el salmón marinado, por favor.

Wolfe pidió ensalada y un filete de ternera. Un carnívoro convencional, decidió Rowan, intentando colocarlo en esa categoría para debilitar el abrumador efecto que ejercía en ella.

Pero no funcionó.

El primitivo atractivo de Wolfe Talamantes era un reto para su condición de mujer. Algo nuevo para ella.

El camarero llegó enseguida con la botella de champán francés y el ritual de quitar el corcho y servirlo en las copas hizo que aumentase la tensión.

Cuando el camarero se alejó, Wolfe levantó su copa.

—Por el futuro.

—Por el futuro —sonrió Rowan, tomando un sorbito. Era delicioso. Sabía a felicidad, a sueños, a risas y a luz del sol–. Siento haberme reído de tu nombre. Es que me hizo gracia.

—¿Y de dónde sale el tuyo?

–¿Rowan? Es el nombre de una planta, como Rosa o Violeta.

Wolfe asintió, pensativo.

–Sí, lo sé. También se llama serbal. Es un árbol que da bayas y florece en todas las estaciones.

Estaba mirando sus pechos, marcándolos con el calor de sus ojos. Pero no era una mirada lasciva, sino más bien impersonal. Su desapego la confortaba y la decepcionaba a partes iguales, confundiéndola aún más.

–Mi madre se enamoró de ese árbol durante su luna de miel.

–En Inglaterra solían plantarlos para protegerse de las brujas –sonrió Wolfe.

–Pues debe haber muchas brujas en esta parte de Nueva Zelanda. Aquí hace tanto calor, que no podría crecer.

–¿Y qué hacen con las brujas en el norte?

Rowan creyó haber detectado algo en sus palabras, algo tan turbador como el color de sus ojos.

Entonces se asustó. Pero el sentido común le dijo que Wolfe Talamantes no era el tipo de hombre que se obsesionase por algo. La autoridad natural que emanaba de él era lo que Tony envidiaba e intentaba copiar con su loco comportamiento.

–¿Brujas? Ah, en el norte hemos aprendido a vivir con ellas. ¿De dónde sale tu nombre?

–Lleva varias generaciones en mi familia. Mi madre esperaba que añadiendo una «e» pareciese algo más civilizado...

–Sí, desde luego es un nombre que imprime carácter –sonrió Rowan.

El lobo era el símbolo de la ferocidad y la violencia. Y Wolfe Talamantes, a pesar del caro traje de chaqueta y su comportamiento civilizado, era lo más parecido a un lobo.

Nadie consigue el éxito en el mundo de los negocios internacionales sin usar tretas poco civilizadas. Para ello había que ser cruel, implacable.

Su experiencia, aunque limitada, con hombres ricos le había enseñado que siempre usaban el dinero como arma.

De nuevo sintió un escalofrío. Pero lo ignoró porque, ¿qué podía hacerle Wolfe Talamantes?

Nada.

Después de cenar le diría adiós y volvería al apartamento de Bobo. Al día siguiente retornaría a la bahía de Kura y no volvería a verlo nunca.

Rowan bebió un poco más de champán, con un silencioso brindis a su libertad.

–¿Te gusta el champán?

–Claro que me gusta.

¿Por qué no iba a disfrutar de aquella noche? ¿Quién se lo impedía? No era culpa de Wolfe que le recordase a Tony.

Él sonrió también. Una sonrisa enigmática.

Entonces llegó la cena. Tenía un aspecto sublime y un sabor sublime también. Mientras comían, charlaron sobre teatro, cine, literatura, sus experiencias en Japón...

Wolfe había viajado mucho: Tíbet, Europa, México, donde solía visitar a su abuelo. Hablaba con afecto y respeto de ese país y del efecto beneficioso de conocer otras culturas.

Bajo el sardónico sentido del humor y su habilidad para relatar historias, Rowan se percató de que tenía un formidable intelecto. No era un hombre al que se pudiese desafiar. Aunque ella no pensaba desafiarlo. Solo quería apartarse de su camino.

—A mí también me gusta viajar. Pero apenas he salido de Nueva Zelanda.

—Has tenido la rara experiencia de vivir varios años en otro país. No todo el mundo es tan afortunado.

—Sí, es cierto. Fue un privilegio.

—¿Cuánto tiempo tardaste en aprender japonés?

—Mi mentor no hablaba una palabra de inglés, así que tuve que aprender rápido. En un año más o menos pudimos comunicarnos. ¿Tú hablas español?

—Mi padre hablaba en español con nosotros, así que crecí en una familia bilingüe.

—Pero tu madre es de Nueva Zelanda, ¿no?

—Sí. Ella aprendió español para darle gusto a

mi padre –contestó él, con una mirada extraña-
mente helada–. ¿Cuándo vuelves a tu casa?

–Mañana.

Wolfe asintió.

Estúpida, trágicamente decepcionada por el
desinterés del hombre, Rowan intentó sonreír.

–Ahora entiendo por qué este restaurante se
ha puesto de moda. La comida es extraordinaria.

–Magnífica –dijo él, burlón. La orquesta de
*jazz* empezó a tocar una canción melódica, muy
seductora–. ¿Quieres bailar?

–No, gracias –contestó ella.

Aparte del apretón de manos, no la había tocado... y quería que siguiera siendo así.

O quizá no quería, pero así tenía que ser.
Aquel extraño canto de sirena estaba transfor-
mándola en una mujer tan consciente de su
cuerpo, que casi vibraba de deseo.

Bailar con Wolfe Talamantes sería demasiado
peligroso.

Haciendo uso de toda su fuerza de voluntad,
Rowan consiguió mantener la compostura. Además, él era agradable, ocasionalmente cáustico,
pero siempre educado.

Y si notaba la química feroz que había entre
los dos, la ignoraba. Como intentaba hacer ella.

Pero, por si acaso, no tomó una segunda copa
de champán. Necesitaba que todas sus neuronas
estuviesen en su sitio para seguir adelante con
aquella mascarada.

Por fin, después de cenar, se levantaron. Wolfe la tomó del brazo y el roce fue como una quemadura. Pero intentó disimular.

Cuando salieron al vestíbulo, se fijó en una mujer alta que charlaba con un grupo de gente. Era una mujer delgada con el pelo blanco y perfil aristocrático...

Rowan se quedó inmóvil.

Y cuando la mujer empezó a girarse hacia ellos, salió corriendo aterrorizada.

Era la madre de Tony.

—¿Dónde vas? —preguntó Wolfe, sorprendido.

—Tengo que ir al lavabo —contestó ella, intentando disimular los nervios.

Pero la madre de Tony podría seguirla hasta allí...

—El ascensor —dijo él entonces.

La llevó del brazo hasta otro vestíbulo y sacó una tarjeta magnética que abría las puertas de un ascensor privado.

Rowan entró a toda prisa, esperando que la señora Simpson entrase tras ella y la maldijese como el hada maligna en el bautizo de la Bella Durmiente.

Pero las puertas se cerraron y no ocurrió nada.

—Gracias —murmuró entonces, temblando.

Wolfe le pasó un brazo por los hombros y fue como meterse en un horno, como si una fiera conflagración hubiese explotado en su interior. Nerviosa, bajó la cabeza para que el hombre no fuera testigo de su zozobra.

–No pasa nada.

–Lo sé –dijo Rowan, intentando apartarse. Pero sus piernas se negaban a obedecer.

Cerró los ojos, perdida en una pasión tan intensa que la dejaba muda. Sin embargo, esa pasión iba unida a una seguridad que la asustaba aún más. En los brazos de Wolfe Talamantes se sentía segura y protegida.

–¿Qué ha pasado?

–Es que he visto... a alguien a quien no quería ver –contestó ella, haciendo un esfuerzo para mirarlo–. Lo siento. Habría sido muy embarazoso. Gracias por ahorrarme una escena.

–Como todos los hombres, yo odio las escenas.

–Y como la mayoría de las mujeres.

–¿Qué ha ocurrido?

Rowan intentó buscar una respuesta que no la comprometiese.

–Nada importante. Un malentendido.

–¿Un malentendido? –repitió Wolfe con sardónica incredulidad.

–Sí.

Estaban frente a un espejo que devolvía la imagen de un hombre muy alto y dominante y una mujer delgada que apenas le llegaba al hombro.

Sintiéndose frágil y vulnerable, Rowan miró al suelo. Pero antes de que pudiera preguntar dónde iban, las puertas del ascensor se abrieron.

–¿Dónde estamos?

–En mi apartamento. Lo menos que puedes hacer es tomar un café conmigo y hablarme de ese... malentendido. Después te llevaré a casa.

–No, prefiero tomar un taxi.

Wolfe se encogió de hombros.

–La única alternativa es bajar de nuevo en el ascensor y encontrarte con... esa persona otra vez.

–Es una mujer. Y no le tengo miedo.

–¿Quieres entrar o no?

Era una invitación muy peligrosa.

–No creo que sea buena idea...

–No voy a hacerte nada, Rowan.

Wolfe abrió la puerta y se quedó esperando.

–Muy bien. De acuerdo –suspiró ella.

¿Estaría metiéndose en la boca del lobo?

En el pasillo, Rowan reconoció un cuadro que, según los periódicos, había sido vendido por un precio astronómico.

De modo que era un verdadero amante del arte... Por alguna razón, aquello disipó su nerviosismo.

Nunca había estado en un dúplex tan lujoso como aquel. El salón era muy grande, amueblado con buen gusto. Había muchos cuadros, libros y flores, pero no era nada ostentoso.

–Siéntate. Voy a hacer café.

–Gracias.

Ver a la madre de Tony la había puesto nerviosa y necesitaba hacer algo. Mientras Wolfe iba a hacer el café, Rowan se acercó a la ventana y apartó las cortinas.

Una lluvia primaveral había limpiado el ambiente y las luces del puerto de Auckland brillaban tanto como la Vía Láctea sobre su casita en Kura.

Eso era lo que más deseaba: estar de vuelta en casa, con su perro y la cerámica.

Wolfe volvió poco después con una bandeja.

—¿Quieres salir a la terraza? Creo que hace un poco de frío.

—No, solo estaba mirando. Hay una vista preciosa.

—Ven, siéntate. Estás muy pálida. Ese malentendido debió ser traumático, ¿no?

Rowan se encogió de hombros.

—Ocurrió hace mucho tiempo.

—¿Ah, sí? A juzgar por tu reacción, fuera lo que fuera sigue muy presente.

# Capítulo 3

LAS PALABRAS de Wolfe se repetían en su cabeza como una advertencia, aunque él permanecía impasible.

–Da igual –murmuró.

Había sido una idiota por subir a su apartamento y quería marcharse de allí lo antes posible.

Un sonido la sobresaltó entonces.

–¿Qué...?

Era el móvil de Wolfe.

–Perdona, tengo que contestar. ¿Te importa?

–No, claro que no.

Cuando salió del salón, Rowan tomó un sorbo de café. Con la taza en la mano, se levantó de nuevo para intentar calmarse.

La madre de Tony... menuda jugarreta del destino.

La última vez que vio a la señora Simpson fue durante la investigación. Aunque el forense aceptó su versión de los hechos y emitió un veredicto de muerte accidental, la madre de Tony no había quedado satisfecha.

Y en la escalera de los tribunales, delante de

todos los periodistas, acusó a Rowan de asesinar a su hijo, aunque no legal, sí moralmente.

Las acusaciones seguían sonando en su cabeza: mentirosa, embaucadora, buscavidas.

Atónita, Rowan no fue capaz de defenderse. Aunque tampoco lo habría hecho, porque detrás de aquellos insultos veía el dolor de una madre incapaz de aceptar la muerte de su hijo.

Además, entendía su amargura porque ella misma culpaba a Tony por la muerte de su padre.

—Perdona, ya estoy aquí.

Sobresaltada, Rowan se dio la vuelta y, al hacerlo, lanzó un grito de dolor. Sin darse cuenta, se había tirado el café encima.

—Quítate la blusa —le ordenó Wolfe.

—Pero la alfombra...

—Olvídate de la alfombra. Quítate la blusa.

—¡Pero...!

—Te has quemado —insistió él, quitándole blusa y camisola de un tirón.

Perpleja ante tan rápida reacción y desnuda de cintura para arriba, Rowan se cubrió los pechos con las manos. ¿Qué estaba pasando?

—Tienes que echarte agua fría en la quemadura —dijo Wolfe, tomándola en brazos.

Al sentirse aplastada contra el duro torso masculino, así, medio desnuda, Rowan se estremeció. La situación era tan increíble...

Wolfe la llevó a la cocina y, después de dejarla en el suelo, abrió el grifo para mojar un paño.

–Póntelo en la quemadura.

Ella apretó el paño mojado sobre su piel, agradeciendo el frescor del agua fría. Y la protección de la tela.

–Gracias –dijo casi sin voz–. Espero que la blusa no se haya estropeado... es de Bobo.

–Si se ha estropeado, compraremos otra.

–Y la alfombra...

–Al demonio con la alfombra –la interrumpió Wolfe–. Para eso están las tintorerías.

Sorprendida, Rowan lo miró a los ojos, tan brillantes como los de un predador.

–Yo pagaré...

–¿Te duele?

–Me escuece un poco, pero no es nada.

–¿Quieres que llame a un médico?

–No, por favor.

No dijo nada más porque un hambre primitiva, un deseo prohibido le robaba las palabras.

Debía recordar que Tony también era rico y carismático. Pero Wolfe era obsesivo, decidido a tomar por la fuerza lo que ella no quería darle de buen grado.

«¿Cómo sabes que Wolfe no es igual?», le preguntó una vocecita.

No lo era. Wolfe Talamantes no parecía un hombre obsesionado con nada.

Y Rowan nunca había sentido tal fascinación por Tony. Le gustaba, pero no tardó mucho en darse cuenta de que sus sentimientos eran superficiales, mientras que una mirada de Wolfe la había despertado a la vida, al deseo y al anhelo de estar con un hombre.

Él lo sentía también... lo veía en el brillo de sus ojos, en la tensión que había entre ellos.

–Déjame ver...

Rowan apartó un poco el paño y Wolfe tocó su hombro suavemente. Un roce que la encendió por dentro.

–Ya casi no me duele.

–Espera, voy a traer algo que te calmará el dolor.

Lo vio salir de la cocina y se puso el paño húmedo en la cara, sin saber qué le estaba pasando.

No lo oyó entrar de nuevo, de modo que dio un salto al escuchar su voz...

–¿Estás escondiéndote, Rowan?

Había una nota descaradamente carnal en aquellas palabras. Y tampoco Wolfe podía esconder el brillo de sus ojos.

Si le hacía una sola señal, la llevaría a la cama. Y no podría rechazarlo.

–No –murmuró, bajando el paño.

Él le mostró un tubo de gel verde.

–Es aloe vera, muy bueno para las quemaduras. ¿Quieres ponértelo en el cuarto de baño?

–Sí, por favor. Y la blusa de Bobo...

–La he metido en agua. Te dejaré una camiseta.

Rowan no quería ponerse una camiseta suya...

era demasiado íntimo, pero no podía hacer otra cosa.

—Gracias.

Wolfe la llevó a un cuarto de baño con paredes de mármol, enormes espejos y unos grifos tan complicados, que para abrirlos parecía necesario hacer un curso de ingeniería.

—¿No tienes grifería de oro? —intentó bromear.

—No, lo siento —sonrió él.

Al contrario que Tony, no era un hombre que intentase demostrar cuánto dinero tenía. Todo lo que había en su casa parecía elegido personalmente. Por eso resultaba tan confortable; era una expresión de su personalidad.

Y el jarrón de cerámica que había comprado en la exposición quedaría muy bien allí.

Wolfe dejó el bote de aloe vera sobre el lavabo.

—Voy por la camiseta —murmuró, sin mirarla.

Cuando cerró la puerta, Rowan dejó escapar un suspiro. Lentamente bajó el paño y se miró al espejo. Apenas se fijó en la quemadura porque solo veía sus pechos hinchados, los pezones endurecidos como respuesta al tumulto de su cuerpo. ¿Le habrían gustado a Wolfe?

Sí, pensó. Le habrían gustado. Pero todos los hombres responden igual ante los pechos de una mujer.

Estaba tapando el bote de aloe vera cuando oyó un golpecito en la puerta. Tomando una toalla, se cubrió los pechos a toda prisa.

—Entra.

Wolfe le dio una camiseta y cerró la puerta sin decir nada.

Un perfecto caballero... aunque prácticamente le hubiese arrancado la ropa. Ese pensamiento la hizo sentir un escalofrío.

Cuando entró en el salón, él estaba limpiando la alfombra con un paño.

—Deja que lo haga yo...

—No hace falta. Solo estaba echando un poco de agua. ¿Quieres otro café?

—Sí, por favor. Y gracias por la camiseta —contestó Rowan, sentándose en el sofá.

—¿Qué tal el hombro?

—Mejor. Ya casi no me duele. El aloe vera es estupendo, ¿verdad? Yo tengo una planta en mi jardín y la uso para curar quemaduras, para la cara...

Estaba parloteando como un loro, pero tenía que hacerlo para controlar los nervios.

El equilibrio se había alterado. Wolfe había visto sus pechos, la había tocado... estaban envueltos en una extraña intimidad que era como un denso perfume, erótico y sensual.

Señora Simpson o no, tenía que salir de allí.

—¿Puedes pedirme un taxi?

—Yo te llevaré a casa.

—No hace falta...

—Rowan, yo te llevaré a casa. Termina tu café.

—¿Te han dicho alguna vez que eso de ser tan autoritario ya no se lleva? —replicó ella.

–Muchas veces –contestó Wolfe–. ¿Alguien te ha dicho alguna vez lo peligrosamente deseable que eres?

Sus palabras quedaron colgadas en el aire. No se movió, no la tocó siquiera. Pero aquello había sido inevitable desde que se miraron a los ojos en la exposición. Y ambos lo sabían.

Al día siguiente podría lamentarlo, podría sentirse avergonzada, pero ambos sabían que era la única forma de terminar la noche.

–Quiero besarte –murmuró entonces.

–Y yo quiero que me beses –dijo ella.

¿Era esa su voz, tan ronca, tan sensual?

Sin pensar, puso una mano sobre el corazón del hombre.

–Wolfe...

En lugar del beso que esperaba, él la miró a los ojos, reclamándola como un hombre primitivo, como un conquistador comprobando su poder, haciéndola suya para siempre.

Y cuando la había dejado sin defensas, inclinó la cabeza para buscar su boca. Rowan lo olvidó todo entonces. Todo, excepto el deseo de ir donde él quisiera llevarla.

«Es un extraño», le dijo una voz. Pero su corazón respondía: «¿Y qué?»

Sospechaba que siempre había sabido de su existencia, anhelándolo inconscientemente. De modo que aquel beso era la culminación de siglos de frustrado deseo. Lo deseaba más que nada en el mundo... más que al amor, más que a la propia vida.

–¿Estás segura? –preguntó con voz ronca.

–Más que segura. Muéstramelo.

–¿Mostrarte qué?

–Todo.

Wolfe sonrió.

–Muy peligrosa, desde luego. Pero que así sea.

Aquellas palabras sonaban como un hechizo, como un primitivo encantamiento.

Entonces la besó de nuevo. Perdida en la pasión, Rowan se dejó hacer, tan desesperada, tan ansiosa como él, ahogándose en el calor de su boca.

–Eres tan preciosa... Quiero tocarte, verte, tomarte.

–Sí –murmuró ella.

Lentamente, Wolfe le quitó la camiseta para besar su cuello. O pensó que iba a besarlo... Cuando la mordió, Rowan sintió un escalofrío.

En las raras ocasiones en que imaginó cómo sería hacer el amor, pensó que quitarse la ropa sería un momento incómodo, pero él lo convertía en algo mágico. Sus pezones se endurecían bajo la ardiente mirada del hombre; una sensación nueva que se mezclaba con el fuego que ardía en su vientre.

Solo podía ver su rostro bronceado, de facciones esculpidas, como las de un antiguo guerrero.

Cuando lo miró a los ojos, el crudo deseo que había en ellos casi la asustó. Pero entonces empezó a besar sus pechos y la caricia era tan desconocida, tan erótica, que dejó de pensar. Wolfe chupaba sus pezones, suavemente al principio, después con fuerza, estremeciéndola.

Tuvo que sujetarse a sus hombros, rendida, abandonada.

Entonces él la tumbó sobre el sofá y le quitó las braguitas. No sintió ninguna vergüenza, todo lo contrario.

Durante años creyó que Tony había arruinado su capacidad de desear a un hombre, pero ocasionalmente había soñado con un amante desconocido.

En sus sueños ella siempre era tímida, avergonzada por el crudo proceso, incapaz de visualizar lo que le haría el desconocido amante.

Pero Wolfe había derretido la barrera de miedos y, a partir de entonces, su rostro autocrático estaría grabado en su memoria para siempre.

Lo observó, con ojos entornados, desabrochar su camisa. Y admiró el torso escultural, de pectorales marcados bajo una fina capa de vello oscuro. Era magnífico y potente como un animal salvaje.

Entonces empezó a desabrocharse el cinturón. Con la boca seca, Rowan miró el rostro del conquistador... y vio el brillo de su propio poder. Poderoso y amenazador como un trueno, la masculinidad de Wolfe demandaba que creciese como mujer.

Entonces él pasó un dedo por sus labios, por su nariz, por el arco de sus cejas.

–Mírame –dijo con voz ronca.

–Me quemo cuando te miro.

–¿Y crees que yo no? –rio suavemente Wolfe–. Tocarte es como estar en medio de una tormenta. Mírame.

Rowan obedeció, reconociendo la pasión en el brillo de sus ojos.

–Y ahora, tócame.

La suave textura de su piel, combinada con el oscuro vello proclamaba a gritos su masculinidad.

–Wolfe...

–¿Creías que eras la única afectada? Estamos juntos en esto, querida.

Pero, para él, aquello no era nuevo ni inesperado.

Debía haber visto la vacilación en sus ojos porque se inclinó para buscar su boca.

–Estamos juntos –repitió.

Rowan acarició su torso. Tenía una pequeña cicatriz al lado del hombro derecho que sus dedos recordarían siempre. Wolfe la acariciaba con suavidad, como si supiera que para ella era la primera vez.

Quizá lo sabía. Lenta, expertamente, encendió un fuego con su boca, introduciéndola en sensaciones tan eróticas, que Rowan perdió la noción del tiempo y el espacio; todo su mundo era aquel hombre que le hacía el amor como un ángel oscuro.

Cuando por fin se colocó el preservativo, estaba más que preparada. Sus expertas manos la hacían olvidar los miedos.

–Rowan...

Ella abrió los ojos. Su cuerpo pedía a gritos algo que todavía no conocía, pero anhelaba. Era demasiado tarde para ternuras; un ansia feroz la poseía.

Wolfe se hundió en ella tan profundamente, que la invasión reverberó por todo su cuerpo, haciendo que apenas notase el dolor.

Nunca nada volvería a ser igual, pensó entonces.

Abrumada, gimió de placer, y él la besó, dejando que se acostumbrase a su invasión masculina. Después, cuando la notó preparada, empezó a moverse. Rowan se movió con él, torpemente al principio, sabiamente después.

Pronto se olvidó de todo, excepto de aquel ritmo, del deseo que crecía como un volcán dentro de ella y la hacía anhelar algo todavía desconocido...

Y entonces llegó, como una conflagración explosiva que la volvió loca. Olas y olas de placer que la hacían gritar su nombre, enviándola a otra dimensión. Simultáneamente, tembló ante la fuerza del orgasmo del hombre; era una sensación de tomar y ser tomada, de completa unión.

Cuando terminó, cuando la última y deliciosa sensación se había apagado, empezó a temblar. Aquello le había robado algo, sentía como si le hubieran arrancado la mitad del alma.

—No llores —murmuró Wolfe—. Lo llaman «la pequeña muerte», pero no es el fin del mundo.

Entonces se levantó del sofá y la tomó en brazos para llevarla al dormitorio.

—No sé por qué lloro —sollozó Rowan—. Yo nunca lloro.

Él apartó el embozo de la cama y la metió entre las sábanas.

—Duérmete —murmuró, envolviéndola en sus brazos.

Debería volver a casa de Bobo, pensó, pero su calor la tentaba demasiado. Sus brazos prometían una protección que no podía rechazar.

Pronto se iría. Pronto sufriría el destino de todo aquel que prueba la fruta prohibida... el exilio a un reino vacío donde nada volvería a ser lo mismo.

Pero aún no.

—¿Ha sido la primera vez? —preguntó Wolfe entonces, apartando el pelo de su cara.

—Sí.

—¿Te he hecho daño?

—No.

Silencio, durante el cual sus lágrimas se secaron y el ritmo del corazón del hombre volvió a ser pausado.

Fuera había empezado a llover; Rowan podía oír las gotas de lluvia golpeando contra el cristal de la ventana.

–No sabía que iba a ser así.

–No suele serlo –murmuró él–. Es la primera vez que hago el amor con una virgen, pero no suele ser...

–¿Como si temblara la tierra?

Wolfe rio suavemente, acariciando su pelo.

–Rowan. Rowan Corbett. ¿Sabes que Corbett significa cuervo?

–Sí, claro.

–Es un pájaro profético. Y parece muy apropiado con este pelo tuyo, tan negro –murmuró él, enredando un rizo en su dedo–. Tienes un poder primitivo. Cuando te miro, veo a una diosa pagana con los pechos desnudos, presidiendo un rito ancestral con su congregación de adoradores.

–Yo soy mucho más normal que eso –dijo Rowan, cerrando los ojos.

–No lo creo. Y tú tampoco lo crees.

Los oscuros dedos del hombre jugando con su pelo empezaban a despertar el deseo de nuevo. Y más cuando se inclinó para besar sus pechos.

–No, aún no. Tienes que recuperarte –murmuró, cuando ella empezó a levantar las caderas.

Pero le enseñó otras formas de placer. Fue exquisito, pero no igual. La feroz intensidad había desaparecido. Quizá necesitaba que él sintiera el orgasmo para sentirlo ella también.

–¿Y tú?

–No te preocupes por mí. Duérmete.

Y tal era la magia de su voz ronca, que se quedó dormida.

Con el ceño arrugado, Wolfe admiró su rostro; un golpe de deseo endureciéndolo al ver sus labios hinchados.

¿Por qué habían hecho el amor? ¿Ver a su madre en el vestíbulo la había asustado tanto que necesitaba buscar consuelo donde fuera?

No parecía lógico en una chica que se mantenía virgen a su edad. Sin embargo, lo había amado con una mezcla de sensualidad e inocencia que borró todo de su mente, excepto el deseo de poseerla.

¿Por qué no había hecho el amor con Tony?

La respuesta fue como una bofetada: para hacerlo enloquecer, por supuesto.

Tony probablemente se acostaba con quien quería y una mujer que se lo negase sería un reto imposible de resistir.

Inocente o no, era una oponente formidable, pensó.

Supo bien cómo manejar a Tony y, si sabía que era su hermano, habría intuido que él encontraría la timidez y la virginalidad irritantes.

Wolfe la oyó respirar, enfadado consigo mismo por haber ido tan rápido. Podría haberla obligado a confesar después de hacer el amor. Pero no se le ocurrió.

Enfurecido por su debilidad, se levantó de la cama.

Necesitaba espacio. Y necesitaba pensar con claridad, no con el juicio nublado por el deseo.

¿Cuál era el plan de Rowan? ¿Pensaría tener una aventura a cambio de una importante suma de dinero?

Wolfe sonrió como un lobo. Estupendo. Obtendría un considerable placer haciendo que se lo ganase.

La sonrisa desapareció entonces. No podía hacer eso.

Aunque sería la mejor forma de averiguar qué había pasado seis años antes, cuando Tony fue a pedir su mano y acabó muerto de un disparo en el corazón.

Quizá podría conquistarla y persuadirla para que le contase la verdad.

Sin embargo, existía la posibilidad de que supiera que era el hermanastro de Tony, que su reacción ante la presencia de su madre hubiera sido calculada...

Quizá quería que la librase de su madre. Eso explicaría su rápida capitulación, el entusiasmo en la cama, su ardor.

Pero si era así, pronto aprendería que él no era tan fácil de manipular como su hermano.

# Capítulo 4

EL SONIDO de una respiración la despertó. Estaba muy oscuro, no había amanecido aún.

Inmóvil, intentó recordar dónde estaba y qué...

Wolfe. Wolfe Talamantes.

Lo que había hecho la golpeó con tal impacto, que su corazón se detuvo durante una milésima de segundo.

Libremente y sin vergüenza de ninguna clase, había hecho el amor con un hombre al que había conocido solo unas horas antes... un hombre más rico e infinitamente más carismático que Tony.

Al menos habían tenido la precaución de usar preservativo, pensó, escuchando el latido del corazón del hombre contra su mejilla.

Una copa de champán no era excusa. Ni tampoco haber visto a la señora Simpson en el vestíbulo.

La verdad era que deseaba a Wolfe desde que lo vio en la galería. Había sido una noche extraña, como fuera del tiempo, fuera de su vida.

Y, aunque se sentía muy segura entre sus brazos, tenía que salir de allí.

Sería demasiado fácil creerse enamorada de Wolfe Talamantes y debía recordar lo que Bobo le había dicho sobre él. No tenían nada en común, excepto una fulminante e inmediata atracción sexual.

Además, un hombre con tanto poder como él no se casaría con una mujer que solo era feliz trabajando con la arcilla.

Y ella no quería mantener una aventura...

Con amarga ironía, Rowan se dio cuenta de que podría ser muy posesiva con Wolfe. No tanto como lo había sido Tony con ella, pero lo suficiente como para sentirse humillada.

Era hora de marcharse, se dijo.

Pero Wolfe se despertó antes de que pudiera hacerlo.

–Rowan.

–Sí.

–¿Qué haces?

–Me marcho –contestó ella–. No, no hace falta que te levantes... yo misma pediré un taxi –añadió, buscando su ropa.

Entonces recordó que estaba en el salón. Si se levantaba de la cama, tendría que hacerlo desnuda. ¿Por qué se preocupaba? Unas horas antes, él había acariciado y besado cada centímetro de su piel.

Afortunadamente, Wolfe no encendió la luz.

Pero tampoco intentó persuadirla de que se quedara.

—Te llevaré a casa.

—No tienes que...

—Te llevaré a casa —insistió él, apartando las sábanas.

Rowan salió prácticamente corriendo del dormitorio.

Cuando Wolfe llegó al salón, se había puesto la falda y la camiseta y estaba buscando desesperadamente su bolso.

—En el suelo, al lado del sofá.

—Ah, gracias.

—Voy por tu blusa.

Nerviosa, sin saber qué hacer, se pasó el peine por el desordenado cabello. Él volvió poco después con una bolsa de plástico en la mano.

—Tu ropa.

Rowan sabía que estaba enfadado. Aunque no sabía por qué.

—Gracias.

Unos segundos después bajaban en el ascensor privado hasta el garaje. Rowan le dio la dirección de Bobo, y Wolfe condujo bajo la lluvia sin decir nada.

—¿Tienes llaves? —le preguntó cuando llegaron al edificio de apartamentos.

—Sí, claro.

—Tenemos que hablar —dijo Wolfe entonces—. Vendré a buscarte mañana por la tarde.

–No hay necesidad de hablar.

–O hablamos mañana o te llevo de vuelta a casa ahora mismo –replicó él.

–No pienso volver a tu casa.

–Tú decides.

–Muy bien, estaré aquí mañana.

Wolfe la acompañó a la puerta, le dio las buenas noches y desapareció.

Sin darle un beso.

Rowan se apoyó un momento en la pared, intentando calmar los latidos de su corazón.

Unos minutos después entró en el apartamento de puntillas y se metió en la cama. Pero no podía dormir y se quedó mirando el techo hasta que amaneció.

¿Por qué parecía tan enfadado? ¿Porque había perdido parte de su formidable control mientras hacían el amor?

¿Porque habían hecho el amor?

Eso podría entenderlo. Fue una locura, desde luego. Aunque había sido la experiencia más trascendental de su vida, esperaba que su primera vez fuera con alguien de quien estuviese enamorada, no con un hombre al que no conocía.

Y sospechaba que Wolfe no solía perder el control como lo había perdido. Sospechaba que también para él resultó ser una experiencia diferente.

Sin dejar de recordar cada segundo de aquella noche, por fin se quedó dormida.

—Muy bien, cuéntamelo todo —dijo Bobo cuando la vio entrar en la cocina—. No, no hace falta que me cuentes nada... ya veo por qué volviste a casa a las cuatro de la mañana. ¿Es tan bueno en la cama como dicen?

Rowan consiguió sonreír a duras penas.

—Yo no cuento esas cosas.

—Siéntate... necesitas un poco de cafeína. ¿Qué te pasa? Y no me digas que es malísimo porque no me lo creeré. Nadie emitiría chispas como Wolfe Talamantes para luego ser un desastre en la cama.

Rowan tomó un sorbo de café.

—No pienso decirte nada.

Bobo hizo una mueca.

—¿Te sientes mal? —preguntó, sentándose a su lado.

—He sido una tonta. Hacer el amor con un hombre al que no conocía... Una locura, desde luego.

—¿Por qué? Si lo habéis pasado bien, ¿cuál es el problema? Espero que usase...

—Sí, claro.

—Menos mal —sonrió su experta mentora—. Entonces supongo que esta angustia responde a la educación que te dio tu estricto padre. Muy bien, escucha a tu hermana mayor... es hora de crecer y entrar en el siglo XXI. Confía en mí, no pasa nada.

—¿Cómo que no?

—En tu vida tendrás que besar a muchas ranas... y a algunas te gustará besarlas. A mí no me importaría nada besar a Wolfe Talamantes, por cierto. Pero en cuanto te vio a ti, me volví transparente. No te preocupes, esas cosas pasan. ¿Vas a volver a verlo?

—Esta tarde.

—¿Quiere verte esta misma tarde?

—Seguramente querrá pedirme disculpas —murmuró Rowan—. Ha dicho que teníamos que hablar.

—Si hubiera sido un típico revolcón, no querría volver a verte tan pronto. Debe de estar interesado.

—Aunque lo esté, no funcionaría.

Bobo levantó una ceja.

—¿Por qué no?

Rowan soltó una carcajada.

—No me veo como la novia de un multimillonario.

—¿Por qué no? Tú puedes ser lo que quieras, Rowan. No vuelvas corriendo a Kura, por favor. Al menos dale una oportunidad. Sería fabuloso para tu... —Bobo no terminó la frase.

—Ni siquiera por tu diez por ciento haría algo que no quiero hacer. Y no quiero hacerlo. Wolfe me da miedo. Es todo lo que yo había jurado no volver a tener en mi vida. Y es demasiado atractivo.

Su representante dejó escapar un suspiro.

–Supongo que te has enamorado de él. Así es la vida... Lo que hay que hacer es buscar otro hombre inmediatamente. Hay muchos hombres por ahí y algunos son estupendos. ¿Tu padre te convenció de que todo el mundo tiene un alma gemela y hay que esperar hasta encontrarla?

John Corbett no había vuelto a mirar a otra mujer desde que su esposa murió. Y solo llevaban un año casados.

–No –dijo Rowan.

–Pero es lo que te gustaría, ¿verdad? Es lo que nos gustaría a todos, pero la vida no es así. Los que buscan a su alma gemela son unos románticos empedernidos... y no creo que Wolfe Talamantes sea un romántico. Es demasiado duro para creer en los cuentos de hadas. Además, después de lo que le ocurrió a su hermano, supongo que habrá rechazado la idea del alma gemela para siempre.

–¿A qué te refieres?

–Es un viejo escándalo. Su hermano se pegó un tiro porque no pudo conseguir a una chica. Por lo visto, ella... Rowan, ¿qué te ocurre?

Rowan estaba pálida. Más que pálida, lívida.

–¿Cómo se llamaba su hermano?

–Tony no sé qué... era su hermanastro.

–Tony Simpson –murmuró Rowan, ocultando la cara entre las manos–. Dios mío...

–¿Tú eras esa chica? –preguntó Bobo, incrédula–. No puede ser. Recordaría tu nombre.

–Me llamo Rowan Anne Corbett. Mi padre me llamaba Anne, pero yo decidí usar Rowan después de...

–Qué coincidencia tan espantosa. Y ni Wolfe ni tú lo sabíais, claro.

El pánico heló la sangre en sus venas. ¿Lo sabría Wolfe? Recordó entonces su miedo al ver a la señora Simpson en el vestíbulo. ¿Se habría dado cuenta entonces? No, no podía ser. Él no la había visto.

Y no le habría hecho el amor si hubiera sabido quién era.

–No lo sabíamos.

–¿Vas a decírselo?

–Su madre me culpa por la muerte de Tony, así que supongo que él también –contestó Rowan–. Tengo que irme a casa. Ahora mismo... Pero Wolfe querrá saber dónde estoy.

Bobo hubiera querido hacer más preguntas, pero la expresión de su amiga se lo impidió.

–Muy bien. Te llevaré al aeropuerto. Termina el café y haz la maleta mientras yo lo organizo todo.

–Tendrás que encargarte de Wolfe.

–No te preocupes, yo puedo encargarme de cualquiera. Puede que incluso intente seducirlo.

Reprimiendo una punzada de celos, Rowan intentó sonreír.

–No le des mi dirección, por favor.

–Por supuesto que no –contestó su representante.


Tres semanas más tarde, observando un cielo cargado de nubes, Wolfe murmuró sarcástico:

–Un escenario muy apropiado, Rowan. Salvaje y extraordinariamente bello.

Si hubiera sido supersticioso, se habría asustado ante el relámpago que iluminó el cielo al pronunciar su nombre. Pero él no era supersticioso y estaba demasiado ocupado llevando el barco hasta la escollera como para pensar en nada más.

Según el mapa debería estar... y allí estaba, en la entrada del peligroso escondite de Rowan Corbett.

Controlando un timón que era casi incontrolable con aquella tormenta, entró en el pequeño malecón, vigilando las corrientes y rocas que podrían hacerlo encallar.

Navegar con aquel tiempo era muy emocionante y Wolfe sonrió satisfecho.

La lluvia desapareció tan repentinamente como había aparecido, permitiendo que un sol fugitivo asomase entre las nubes.

Frente a él había una playa de arena blanca,

flanqueada a un lado por un escarpado precipicio. Y allí, al fondo, medio escondida entre los
árboles, una casa que necesitaba urgentemente
una mano de pintura.

La casa de Rowan.

Wolfe vio movimiento en la playa. Sí, incluso
a aquella distancia la reconocía, con el perro a su
lado y una escopeta en la mano. De modo que la
apasionada y seductora artista había ido de caza,
pensó sarcástico. Conejos, probablemente.

Rowan miró hacia el barco y, con la gracia
que recordaba en todos sus sueños, desapareció
rápidamente entre los árboles.

Wolfe sonrió de nuevo. Aquella vez no iba a
escapar.

Cuando resonó un nuevo trueno, dirigió el
barco hacia el viento y Circe respondió inmediatamente.

Mientras echaba el ancla, recordó la pieza que
había comprado en la exposición... la número
47.

Su delicadeza lo emocionaba. Rowan había
trabajado la cerámica para crear no una vasija,
sino una obra de arte intensamente emotiva.

Pagó un dineral por ella y la colocó en su
casa, donde brillaba como un raro y precioso ar-
tefacto, recordándole cada día que la mujer que
lo había creado era responsable de la muerte de
su hermano... y de la enfermedad de su madre.

Rowan Corbett era un genio con la arcilla y la

mujer más apasionada que había conocido nunca. Pero también una asesina.

Y, por eso, su falta de control con ella era aún más irresponsable.

Sospechaba que Rowan había sabido quién era desde el principio. Tony era un chico inseguro y probablemente le habría hablado de su hermano.

Pero entonces, ¿por qué desapareció? ¿Por qué le pidió a su representante que no le diera su dirección?

Había tardado tres semanas en encontrarla. Y en ese tiempo no pudo dejar de pensar en ella.

Hacía el amor como una hurí inocente... y sería muy interesante comprobar si usaba aquel hermoso cuerpo para intentar suavizar su ira.

Si lo hacía, lo había subestimado.

No sería la primera vez que una mujer se acostaba con él por algún motivo oculto, aunque nunca se había visto golpeado por aquella mezcla de rabia y frustración. Y desprecio, tanto por ella como por él mismo.

Pero no volvería a caer en la trampa de su sexualidad.

Satisfecho con la sujeción del ancla, Wolfe bajó a la cabina y salió con unos prismáticos para mirar la casa.

Vieja, con porche de madera, se escondía detrás de unos árboles cuyas raíces se agarraban tenazmente a las rocas del escarpado precipicio.

Un movimiento hizo que girase los prismáticos en otra dirección. Allí estaba Rowan, con su pastor alemán corriendo tras ella mientras se dirigía a una especie de cobertizo.

Al verla sintió una punzada de deseo. Recordaba el color de sus ojos, tan raro, una mezcla de oro, cobre y bronce, con unas pestañas tan oscuras como su pelo.

Recordaba el brillo de esos ojos cuando pronunció su nombre, teniéndolo escondido profundamente en su cuerpo...

Era lógico que Tony se hubiera obsesionado con ella. Pero Wolfe estaba decidido a controlar el deseo que provocaban aquellos pensamientos.

Los ojos de Rowan contenían secretos peligrosos, pero conocía su poder y estaba armado contra ellos.

Tres días antes había visto al médico de su madre, que le dijo sencillamente:

—No puedo hacer nada. Lo hemos intentado todo.

—Pero no es un problema físico, ¿verdad?

—No lo sabemos. Aunque la depresión es un problema psicológico, puede afectar a la salud —contestó el hombre—. Pero no va a morir, si eso es lo que lo preocupa.

—Es como si estuviera muerta —dijo Wolfe brutalmente—. Mi madre era una mujer feliz, llena de energía... Ahora apenas puede levantarse de la cama.

Mientras echaba el bote al agua decidió que, tuviera que hacer lo que tuviera que hacer, conseguiría la información que tan desesperadamente necesitaba.

Cuando llegó a la playa, Rowan se acercaba al bote con el pastor alemán a su lado. Pero ya no llevaba la escopeta, que seguramente habría dejado en el cobertizo.

Sonriendo, recordó que era una experta en artes marciales. Pero le harían falta algo más que un par de golpes de karate para librarse de él.

La luz del atardecer hacía que la arena pareciese de plata, pero no estaba allí para disfrutar del paisaje. Tenía una misión y la llevaría a cabo aunque le costase la vida.

Cuando bajó del bote y tiró de la cuerda para arrastrarlo hasta la arena, el pastor alemán se acercó ladrando agresivamente.

—¡Lobo, ven aquí! —gritó Rowan.

Con desgana, el perro volvió a su lado. Estaba haciendo lo que debía hacer: proteger a su dueña. Afortunadamente, era un animal bien educado.

Wolfe no se movió, esperando que ella se acercase.

Había perdido peso, pero seguía siendo hermosísima. Aunque sus largas piernas y los turgentes pechos estaban escondidos bajo una ancha camiseta y un pantalón color mostaza, no pudo evitar una punzada de crudo deseo.

Un golpe de viento movió un mechón de pelo sobre su cara y Wolfe se vio asaltado por el recuerdo de sus propios dedos acariciando aquel pelo, negro en contraste con su pálida piel...

Pero no debía pensar en eso. Tras ella, el pastor alemán le mostró los colmillos, como si hubiera leído sus lascivos pensamientos.

Rowan se acercó con el corazón acelerado, sintiendo una mezcla de pánico, alegría y sorpresa.

Wolfe Talamantes tenía mucho valor. No todos los hombres se enfrentarían con un perro como Lobo.

¿Sabría quién era? ¿Lo habría adivinado a causa de su repentina desaparición?

–¿Qué quieres?

–Hablar contigo. Deberíamos haberlo hecho hace tres semanas, pero saliste corriendo.

–No tengo nada que decirte. Pensé que estaba claro.

–No sé por qué has pensado que era tan fácil librarse de mí. Yo tengo muchas cosas que decirte.

Rowan apretó los labios. Había soñado con él durante aquellas tres semanas. Pero, en sus sueños, Wolfe escuchaba y entendía. Y la consolaba.

En sus sueños. Pero aquello era la realidad.

–No creo que tengamos nada que decirnos.

Lobo dio un paso hacia él, celoso y más consciente que su dueña del peligro que representaba aquel extraño.

Con el tiempo podría llegar a hacerse amigo de aquel animal, pensó él. Pero no podría hacerse amigo de Rowan. Por mucho que lo excitara, incluso en aquel momento.

—¿Sabes que tu perro y tú tenéis el pelo del mismo color? Negro como el infierno. Y los ojos también, de color dorado. ¿Es pariente tuyo?

No sabía por qué estaba siendo tan grosero, pero al ver la expresión de Rowan supo que había dado en la diana.

—Márchate, por favor.

—No hasta que hayamos hablado de... los viejos tiempos.

Ella se puso pálida.

—¿Viejos tiempos? Lo siento, pero no tengo nada que decir.

—Yo sí tengo cosas que decir y tú vas a escuchar quieras o no.

—¿Quién te crees que eres para hablarme así?

Lobo empezó a gruñir, pero se mantuvo en su sitio.

—Está muy bien entrenado. ¿No vas a dar la orden de ataque?

—Antes oiré lo que tengas que decir —replicó Rowan—. Pero hazlo rápido.

Wolfe la miró con desprecio.

—¿Por qué no contestaste a la llamada de mi madre?

# Capítulo 5

A ROWAN se le encogió el corazón.

De modo que sabía quién era. Y no había duda alguna de cuáles eran sus sentimientos. Sin embargo, le dolió profundamente la condena que había en su voz.

—Ya le conté a la señora Simpson lo que había pasado con su hijo. Se lo conté hace seis años y no me creyó. No solo no me creyó, sino que me culpaba de su muerte. ¿Por qué iba a querer oír sus acusaciones de nuevo?

—No te creyó porque tu historia de no haber visto nada era demasiado conveniente –replicó Wolfe–. Como la enfermedad de tu padre y su incapacidad para declarar.

—Mi padre firmó una declaración en presencia del jefe de policía y el forense.

—Ambos amigos suyos. Y los dos sabían que estaba muriéndose.

Rowan levantó la cabeza, dolida.

—Pues sí. Murió un par de semanas después.

—Lo sé –dijo Wolfe, pero en su tono no había simpatía alguna–. Mi madre ya no te culpa por lo que pasó. Dudo que lo hiciera nunca. Estaba destrozada por la muerte de Tony y lamenta haber pagado su pena contigo. Pero está muy enferma y necesita saber la verdad.

Rowan recordó el pálido rostro de la mujer que vio en el vestíbulo. El pelo blanco que había sido oscuro seis años antes...

—Lo siento.

¿Qué estaba haciendo allí la señora Simpson? ¿Esperando a Wolfe?

—¿Has cambiado de opinión? —preguntó él entonces. Rowan no contestó—. No, ya veo que no. ¿Por qué iba a importarte mi madre?

—¿Qué es esto, un chantaje emocional?

—No, es la verdad.

—No tengo nada nuevo que decir. Por favor, márchate.

Rowan se dio la vuelta y empezó a caminar por la playa, deseando alejarse todo lo posible de aquel hombre.

Lobo no se movió del sitio, mirándolo amenazante, pero la siguió con desgana cuando ella lo llamó.

—No pienso marcharme, Rowan. Tenemos que hablar quieras o no.

Como para rubricar esa advertencia, otro trueno retumbó sobre sus cabezas.

Ella se volvió.

—El mar es de todos, así que puedes volver a tu barco. Pero en el futuro te advierto que prestes atención al informe del tiempo. Esta costa es muy peligrosa.

–¿Eso es una advertencia?

–La advertencia está en el mar –replicó Rowan, volviéndose de nuevo.

–He revisado tu declaración y creo que hay suficientes discrepancias como para que la policía reabra la investigación.

Ella se detuvo. ¿La pesadilla nunca iba a terminar? Estaba segura de haber encontrado un santuario... ¿por qué el malicioso destino lo habría llevado hasta su exposición?

Pero no había sido el destino lo que la llevó a sus brazos, ni a su cama. Tenía que aceptar la responsabilidad por sus propios errores.

–¿Eso ayudaría a tu madre? –preguntó con tono amargo.

Wolfe se acercó de dos zancadas y Rowan tuvo que contener el impulso de salir corriendo.

–La verdad siempre es mejor que la mentira.

–Siento mucho que tu madre esté enferma, pero yo no puedo ayudarla. Y no pienso acostarme contigo de nuevo, así que aquí no hay nada para ti.

Lobo empezó a ladrar entonces, ladridos secos, amenazadores. Rowan tuvo que calmarlo.

–No te preocupes, no voy a tocarte. Y tienes una oportunidad para evitar esa entrevista con mi madre... puedes contarme a mí qué pasó.

–No tengo que contarte nada. Y si vuelvo a

verte en mi playa, te denunciaré. Esto es propiedad privada.

Después se dio la vuelta y caminó hacia la
casa. Estaba llegando al porche cuando oyó el
motor del bote.

Rowan apretó los labios para evitar un sollozo
desesperado.

Al menos no sabía quién era cuando hacían el
amor. Eso no habría podido soportarlo. Sería una
humillación saber que se había acostado con ella
solo para sacarle información.

—No pasa nada, Lobo. No es nadie. No puede
hacerme nada.

Pero sabía que no era cierto. Alto, fuerte, con
aquellos ojos verdes, aquella nariz rota, la actitud de un conquistador... Wolfe Talamantes era
muy peligroso y estaba decidido a convertir su
vida en un infierno.

Y era mucho peor que su hermano porque sabía de ella mucho más que Tony.

Aunque podía echarlo de su playa, no podía
obligarlo a levantar el ancla. La había seguido
desde Auckland... ¿iba a empezar otra vez? ¿La
acosaría como la acosó su hermano?

—No seas ridícula —murmuró para sí misma.

Solo los lametones de Lobo la consolaron un
poco. ¿Llevaría Wolfe a cabo sus amenazas de
acudir a la policía? Por supuesto, pensó. Él no
amenazaría en vano.

Durante años había reprimido los recuerdos,

había intentado concentrarse en su trabajo para olvidar lo que pasó...

¿La dejaría en paz si le dijera que Tony la acosaba, que la amenazaba todo el tiempo?

Wolfe no la creería. ¿Por qué iba a creerla? Sus amigos no la creyeron. Admiraban los caros regalos de Tony, las flores, las llamadas de teléfono, las cartas... sin entender la angustia que le producía aquella obsesión.

Ni siquiera su padre, un policía, lo había entendido hasta que fue demasiado tarde.

Lobo movió la cola, bostezando y mostrando así su espléndida dentadura.

—Pues sí que me has servido de mucho. Eres un perro guardián desastroso.

La carita de Lobo siempre le alegraba el corazón, pero aquella vez no pudo sonreír.

Los recuerdos que tanto había deseado enterrar volvían a ella con toda su carga de dolor.

¿Qué pasaría si reabrían el caso? No solo tendría que defender la reputación de su padre. El jefe de policía, que se había portado maravillosamente a pesar de sus sospechas, seguía en activo. Y no merecía sufrir por lealtad a su padre.

—Solo tengo que repetir la historia que conté mil veces. No hay nuevas pruebas, de modo que no podrán sacarme nada...

Lobo restregó el morro contra su pierna y Rowan lo abrazó, buscando un poco de calor.

—Me pregunto si te elegí porque te parecías a

mí. Pero no... cuando empujaste a tus hermanas para tocarme con la patita, supe que eras mío.

Horas más tarde, con el pijama puesto, Rowan observó una luz en el agua; la luz del barco de Wolfe como un ojo amenazador.

¿Si le contaba que Tony la acosaba entendería su miedo o pensaría que había reaccionado exageradamente? Tony no le habló mucho sobre su hermano y nunca mencionó su nombre, pero cada vez que hablaba de él lo hacía con admiración.

Y Wolfe debía quererlo mucho. Al fin y al cabo, era su hermano pequeño.

Temblando, recordó su fría actitud en la playa. Y recordó la pasión con que habían hecho el amor.

¿Por qué tenía que ser el hermano de Tony?

Aquella noche soñó de nuevo. La vieja pesadilla en la que Tony disparaba sobre ella. Se despertó gritando, cubierta de sudor, con Lobo aullando al lado de la cama.

Hacía años que no tenía aquella pesadilla...

–Solo ha sido un mal sueño –murmuró, acariciando la cabeza de su perro.

Pero, ¿iba a empezar otra vez?

Wolfe era un hombre poderoso... no, la policía tendría que hacer algo si presentaba una denuncia.

Temblando, decidió que necesitaba desesperadamente una taza de té, pero no encendió la luz de la cocina.

–Como si él estuviera despierto –murmuró para sí misma.

En cualquier caso, preparó el té con la luz que entraba por la ventana y, cuando estaba hecho, llevó la taza al salón. Lobo empezó a gruñir y Rowan se asustó porque en la playa no había nada, nadie.

–¿Qué pasa? ¿Algún animal, un topo?

Tenía que ser eso. Era absurdo convertir a Wolfe en un demonio. Desde luego era un hombre con mucho poder, pero solo era un hombre.

–Si vuelve por aquí, lo mandaré al barco con una carga de perdigones –dijo para sí misma. Entonces recordó que había dejado la escopeta en el cobertizo–. ¡Maldita sea! ¿Cómo he podido olvidarlo?

Tendría que ir a buscarla. La combinación de humedad y sal podría oxidar el arma y, además, era absurdo dejarla donde cualquiera podría robársela.

Rowan miró por la ventana. Normalmente le encantaba el paisaje, pero aquella noche la playa parecía llena de sombras amenazantes.

¡No! Le había costado mucho trabajo olvidar sus miedos y no pensaba dejar que Wolfe Talamantes los despertase de nuevo.

Apretando los dientes, se puso unos vaqueros y una camiseta y salió de lá casa. Si alguien la tocaba, Lobo atacaría sin piedad.

Pero la única persona que podría andar por

allí era Wolfe. Y él la quería viva para que pudiese hablar con su madre.

Estaba a salvo.

Con Lobo como una sombra negra a su lado, encendió una linterna y se acercó al cobertizo. Allí estaba la escopeta, donde la había dejado. Iba a tomarla cuando el perro se puso a ladrar como loco, corriendo hacia la puerta.

Con el corazón acelerado, Rowan tomó la escopeta y se dio la vuelta.

—¡Lobo! ¡Aquí! —lo llamó, asustada.

Sin dejar de ladrar, el perro reculó hacia ella. Aunque tenía la escopeta y a su animal como protección, al ver a Wolfe sintió el deseo de salir corriendo. Inmóvil por el miedo, intentó desesperadamente controlarse.

—Baja la escopeta —dijo él.

Gruñendo, Lobo se colocó a su lado mostrando los dientes.

—No te muevas —lo advirtió Rowan.

—Baja la escopeta.

—Prefiero dejarla donde está.

—Yo tengo los cartuchos.

Ella apretó los dientes, furiosa consigo misma por haber dejado la escopeta allí y furiosa con él por haberlos robado.

—Dámelos ahora mismo.

—No mientras me estés apuntando.

—¿Te dedicas a ir robando por ahí?

—Dejaré los cartuchos donde los he encontrado... cuando te vayas. No confío en una mujer tan poco escrupulosa con las armas como tú.

—¿Qué demonios haces aquí? Además de vigilarme, claro.

—Solo estaba dando una vuelta —contestó él.

Ni siquiera iba a justificar su presencia, pensó Rowan, incrédula. Helada por los recuerdos de otro hombre que a menudo aparecía cuando no lo esperaba, apretó los dientes.

—Podría denunciarte por acoso. Si no te vas ahora mismo, llamaré a la policía.

—Apuntar a alguien con un arma también está penado por la ley.

—¡Estás en mi casa!

—Eso no te da derecho a apuntarme con un arma —replicó Wolfe—. Me voy. Pero te veré mañana.

Rowan iba a responder, pero no lo hizo. Se limitó a verlo desaparecer en la oscuridad.

Después de comprobar que, efectivamente, la escopeta no tenía cartuchos, esperó un poco.

La luz del barco seguía encendida, pero no había oído el motor del bote. En alguna parte Wolfe estaba vigilando.

Viejos terrores, viejos miedos aparecieron de nuevo y Rowan maldijo en silencio a quien los había provocado.

Una vez de vuelta en casa, se sentó al borde de la cama con el corazón golpeando salvajemente sus costillas.

Estaba siendo una idiota. Tenía que pensar con lógica, se dijo. La tendencia a acosar a alguien no podía ser genética.

Wolfe estaba allí porque quería convencerla de que hiciera algo...

Como Tony. Pero no quería pensar en él.

Sin embargo, al pensar en Wolfe, su piel empezó a arder como aquella noche.

Después de una primera mirada, el sentido común se había ido por la ventana, reemplazado por una mezcla de excitación y abandono.

Tenía que sobreponerse, volver a ser la que era. No podía contarle a Wolfe lo que había pasado. No era solo su secreto.

Temblando, Rowan se levantó.

—Además, eso no ayudaría a su madre —murmuró, acariciando a su perro.

Todo lo contrario. Decirle la verdad probablemente la mataría.


Rowan se levantó de un salto al ver la hora en el despertador.

—Rápido, Lobo... esta mañana tendrá que ser un paseo muy corto.

De hecho, solo tuvieron tiempo para correr hasta el cobertizo. Sí, Wolfe había dejado allí los cartuchos como prometió. Mordiéndose los labios, los guardó en el bolsillo de los vaqueros y le pidió disculpas a Lobo por acortar su hora de juego.

Ni siquiera miró hacia el barco una sola vez.

Aun así, llegó al café diez minutos tarde y el propietario la recibió con cara de malas pulgas.

–¿Qué ha pasado?

–Lo siento, me he dormido.

–Pues hay un cliente esperando.

Rowan tomó el mandil y se dio la vuelta...

Para encontrarse con un par de ojos verdes. Los ojos de Wolfe.

–Buenos días –dijo, intentando controlar los nervios–. ¿Qué quiere tomar?

–Huevos revueltos, tostadas, beicon y un tomate con sal. Ah, y café.

–¿Con leche? –preguntó ella, sabiendo que no lo tomaba así.

–No, solo y sin azúcar –contestó Wolfe, levantando una ceja–. ¿Por qué adulterar la cafeína con aditivos?

Rowan sonrió, sorprendiéndose a sí misma. Además de ponerla furiosa y enloquecerla de pasión, aquel hombre podía hacerla reír. Increíble.

–¿Te gusta trabajar aquí?

–Es un trabajo estupendo para observar a la gente.

¿Sabría que ella trabajaba en el café antes de ir? Probablemente. En tres semanas podía haberse enterado de muchas cosas.

Afortunadamente, un par de clientes entraban en ese momento y Rowan no tuvo que seguir disimulando.

Pero los clientes miraban a Wolfe por el rabillo del ojo.

Aquello llamado «presencia» les decía que era alguien de importancia e interesante. O quizá era su rostro.

La estructura ósea de su cara, el brillo de sus ojos y el arrogante mentón proclamaban a gritos que era un hombre al que debían tratar con respeto.

Por supuesto, su estatura también tenía que ver. Rowan había leído que la gente alta tiene ventaja sobre la que no lo es, y Wolfe Talamantes era una torre de fuerza.

No, pensó entonces. Simplemente era el macho dominante. Tan sencillo como en el mundo animal.

—¡Rowan! —la llamó su jefe.

—Ya voy —intentó sonreír ella.

No podía permitirse el lujo de perder el trabajo hasta que hubiera hecho una exposición más.

—Deja de perder el tiempo y ponte a trabajar.

Wolfe había oído el comentario. Estaba segura. Pero no dijo nada y poco después salió del café.

A las dos en punto volvió a casa en su moto, llevó a Lobo a dar un paseo y después se retiró al cobertizo, que había convertido en taller.

Negándose a mirar por la ventana, se sentó frente al torno y empezó a trabajar afanosamente, intentando no pensar en Wolfe.

Cuando empezaba a anochecer, Lobo se levantó para acercarse a la ventana, mirando con fiera atención al otro lado. Unos segundos después empezó a gimotear.

–Lo sé, cariño. Sigue ahí –murmuró ella, acariciando su cabezota.

El perro se sentó obedientemente a su lado y esperó. Media hora después, Rowan paró el torno y se levantó del taburete.

–Espero que no se maree –murmuró, irónica, mirando por la ventana–. ¿Y qué hace solo en un barco? Los millonarios tienen yates con tripulación y azafatas...

Lobo lanzó un gruñido que parecía una risita y ella se inclinó para acariciarlo.

–Esto durará poco. Se hartará de esperar y se irá de aquí de una vez por todas. Entonces podremos jugar tranquilamente en la playa.

Pero Wolfe Talamantes no tenía intenciones de marcharse. Como un predador, esperaba agazapado para atrapar a su presa.

–No puede hacerme nada. Debo estar tranquila porque no puede hacerme nada.

Lobo se levantó entonces de un salto y se puso a ladrar.

Una figura alta y formidable se acercaba por la playa. Incluso con vaqueros y jersey de lana, Wolfe tenía un aspecto aristocrático, seguro de sí mismo.

–Segundo asalto –murmuró ella–. Bueno, ya

sabíamos que iba a volver. Vamos a recibirlo, ¿te parece?

Avergonzada porque tontamente deseó no llevar una camiseta manchada de arcilla y unos vaqueros rotos, Rowan cerró la puerta del cobertizo.

Aquella vez Lobo ladró con una nota de advertencia, pero no con la ferocidad de la noche anterior.

–¿Qué quieres?

–Tengo que hablar contigo.

–Yo creo que ya hemos dicho todo lo que teníamos que decir.

–No. Invítame a entrar en tu casa.

Era una orden. Así de claro.

–¿Y si no quiero?

–Seguiré intentándolo –dijo Wolfe, encogiéndose de hombros.

–¿Hasta que me canse?

–Hasta que te convenza de que no he venido aquí para causarte problemas. Solo quiero que le cuentes la verdad a mi madre.

Rowan apartó la mirada. La noche que habían pasado juntos no significaba nada para él. Eso estaba claro. Pero el comentario la tranquilizó. No quería acosarla.

Tony era un egoísta. Wolfe hacía aquello por su madre.

Pero no lo creía del todo.

–Estás perdiendo el tiempo.

–Eso lo decidiré yo.

Ella se encogió de hombros.

–Muy bien. Te invito a un café. Para que no digas que soy una mala anfitriona.

Antes de entrar en casa, tomó una toalla que había en el porche para limpiarle las patas a Lobo.

Una vez hecho, y con el pastor alemán mirando a Wolfe con cara de muy malas pulgas, entraron en el salón.

Rowan le indicó que se sentase en el sofá y se inclinó para encender la chimenea. No tenía que volverse, Lobo se encargaría de vigilarlo.

–Es un animal muy hermoso. ¿Cuántos años tiene?

–Tres –contestó ella, sentándose en el sillón–. ¿Qué es lo que quieres?

–¿Por qué demonios trabajas en ese café?

–Porque tengo que comer. Y mi perro también.

–¿No has podido encontrar nada más lucrativo?

–Aquí no.

–¿Y por qué tienes que vivir aquí?

–No creo que eso sea asunto tuyo.

–Todo lo que se refiere a ti es asunto mío –replicó Wolfe con una insolencia que no escondía su fiera determinación.

# Capítulo 6

ROWAN hizo una mueca.
—¿Qué ocurre?
—No me gustan las amenazas.

—No estoy amenazándote. Mi madre solo quiere saber la verdad. No piensa reabrir la investigación, si eso es lo que te preocupa. Y yo tampoco tengo interés en hacerlo.

—¿Entonces?

—Esto es solo para que pueda vivir tranquila. Y quizá para salvar su vida —suspiró Wolfe—. Ha llegado a tal punto, que no le importa vivir o morir.

Una táctica excelente. Primero las amenazas, seguidas de una promesa y luego un llamamiento a su corazón.

—Pero tu madre ya sabe la verdad. Ella leyó la declaración...

—En ese momento estaba tan dolida, que no entendió nada.

Quizá no, pero tuvo fuerzas para acusar a Rowan, destrozada en aquel momento, de haber causado la muerte de su hijo. Sin pensar que su padre estaba en el hospital.

–Sí, claro.

–La muerte de Tony le rompió el corazón. Necesita saber... y yo también, por qué tu padre y tú inventasteis una historia increíble en la que mi hermano se disparaba a sí mismo. Tony sabía usar un arma y siempre era muy meticuloso.

La lámpara que había al lado del sofá reflejaba su sombra, recortada contra la pared. Aquel perfil patricio, lleno de ángulos y líneas rectas, era una clara indicación de su carácter de acero.

–Siento mucho que tu madre esté enferma, pero no tengo nada nuevo que decir –dijo Rowan entonces.

–Pues explícame qué pasó –insistió Wolfe–. Conociste a Tony en una fiesta... en casa de unos amigos tuyos, ¿no?

–Sí.

–¿Y se sintió atraído por ti?

–Los dos nos sentimos atraídos –contestó ella–. Parecía un chico estupendo.

–Guapo y rico.

Rowan sabía que no debía enfadarse. Eso le daría ventaja.

–Guapo, sí –asintió, acariciando el brazo del sofá–. Pero yo no sabía nada de su cuenta corriente. Y no estaba interesada.

–¿Ah, no? Entonces has cambiado –dijo Wolfe, irónico.

–¿A qué te refieres?

–A que sí sabías quién era yo. ¿Vas a decirme que tu representante no te dijo quién era?

–Me dijo que eras un posible comprador. Recuerda que un artista expone para vender.

–Sí, claro –sonrió él, incrédulo–. Mi hermano y tú salisteis juntos muchas veces. Fiestas, barbacoas...

–Así es.

Era cierto. Se sentía halagada por las atenciones de Tony, aunque un miedo instintivo le decía que no debía acercarse demasiado.

–Al final de las vacaciones, él volvió a Auckland y tú lo seguiste para empezar tu primer año de universidad...

–No lo seguí –lo interrumpió Rowan–. Yo tenía plaza en la Facultad de Bellas Artes.

Wolfe lo sabía, por supuesto. Estaba actuando como un detective para pillarla en un renuncio.

Pero ella era hija de un policía.

–Siempre estabais juntos, ¿no?

–Salimos durante un par de meses, pero no era una relación seria. No hicimos...

–No erais amantes –terminó Wolfe la frase por ella.

–Como tú bien sabes –dijo Rowan entonces.

–Así que lo tenías loco. Muy inteligente. Tony estaba acostumbrado a que las mujeres cayesen a sus pies. ¿Por qué le dabas largas?

–No tengo ninguna intención de explicarte

por qué no me acostaba con tu hermano –replicó ella, irritada por la implicación.

–No tienes intención de explicarme nada.

–Exactamente –dijo Rowan, mirándolo con gesto retador.

Lobo levantó la cabeza y miró hacia uno y otro. Después siguió vigilando a Wolfe.

–Al final del primer semestre volviste a casa, a Cooksville, y Tony te siguió. Y te pidió que te casaras con él.

–Sí.

–Y tú te negaste.

–Así es.

–¿Por qué?

–Porque no estaba enamorada de él.

Una emoción desconocida convirtió los ojos del hombre en objetos de cristal brillante. Pero apartó la mirada antes de que pudiera estudiar qué había detrás de ellos.

Rowan se había sentido del mismo modo haciendo *puenting*: emocionada, aterrorizada y tan excitada, que solo podía dejarse llevar.

Así era como Wolfe la hacía sentir.

–Aquel fin de semana, Tony estuvo en Cooksville. Discutió contigo, sacó la pistola de tu padre... una pistola con una bala en el cargador. Y entonces, sin querer, se disparó a sí mismo, ¿no? –dijo él, sarcástico.

Rezando para que no notase el esfuerzo que le costaba, Rowan asintió con la cabeza.

—Así es.

—¿Por qué estaba tan furioso?

—No lo sé.

—Sé que, además de ti, había estado saliendo con otras chicas...

Ella se cruzó de brazos, nerviosa.

—Es cierto.

Sin duda, su padre lo había enseñado cómo soportar un interrogatorio. Decir lo menos posible y repetir la historia una y otra vez. ¿Por qué aquella mujer, de todas las mujeres que había conocido en su vida, tenía la capacidad de sacarlo de quicio?

—La reacción de mi hermano parece muy exagerada... absurda por completo.

—Lo fue —asintió ella, retándolo a probar lo contrario.

Rowan Corbett era una mujer que provocaba reacciones extrañas... una seductora con ojos de fuego, un rostro que lo perseguiría hasta la muerte, una piel como el satén... alguien que dejaba huella en el alma de un hombre.

¿Era eso lo que Tony había sentido?

Wolfe se sentía frustrado, furioso.

—Y a ti te importa un bledo, ¿verdad?

—Claro que me importa. Pensé... pienso que perdió la cabeza, pero no sé por qué.

Estaba mintiendo. El día anterior, cuando le dijo que no creía su historia, ella no parpadeó siquiera, no mostró ningún signo de sorpresa o indignación.

Aquel día hacía lo mismo: no parecía molesta al ser llamada mentirosa. Y nadie que fuese inocente reaccionaría así.

Wolfe sabía que era considerado un hombre duro, acostumbrado a conseguir resultados. Su éxito era debido a que planeaba cuidadosamente cada uno de sus movimientos, sabía aprovechar las circunstancias y era capaz de calmar furiosos antagonismos.

Conocía bien a la gente y no se dejaba engañar. Rowan no estaba tan tranquila como parecía. Podía sentir la rabia bajo aquella expresión serena... la rabia y el miedo.

Pero debía ignorar el impacto de aquellos ojos, de aquella boca de ensueño y jugar hasta el final.

—Y te pidió que te casaras con él.

Ella se encogió de hombros, acariciando la cabezota del perro.

—Sí.

Wolfe tuvo que hacer un esfuerzo para apartar de su mente el recuerdo de aquellos dedos acariciando su pelo, su torso...

—No creo una palabra de lo que dices.

—¿Por qué?

—Porque después de aquella tragedia sacaste un sobresaliente en el primer examen. Qué sangre fría, ¿no?

—Tenía que seguir viviendo.

—Sí, claro. Pero yo estoy muy interesado en

saber qué pasó realmente aquella tarde. Y por
qué te fuiste a Japón, como si tuvieras algo que
esconder.

—Puedo decirte por qué —dijo Rowan con voz
ronca—. Porque mi padre acababa de morir y,
gracias a las acusaciones de tu madre, no podía
ir a ninguna parte sin que me siguiera algún periodista. No podía quedarme en Nueva Zelanda.

—Así que guardaste tu talento en la mochila y
te fuiste a Japón.

Wolfe Talamantes era un hombre peligroso,
muy peligroso. Porque, a pesar del desprecio que
sentía por ella, la hacía sentir cosas que no había
sentido nunca con otro hombre; la hacía olvidarse de la realidad y querer vivir otra.

Entonces se dio cuenta de que había empezado a llover. La lluvia golpeaba los cristales,
empujada por el viento.

—Si vas a volver al barco, será mejor que lo
hagas ahora mismo. Hay tormenta.

Wolfe se levantó.

—Me iré, pero no hemos terminado. Me dirás
qué pasó aunque tenga que obligarte a ello, Rowan.

—¿Por qué has esperado tanto? Han pasado
seis años.

—¿Eso qué más da? Te he encontrado.

Sus palabras quedaron colgadas en el aire.

—Ya veo.

—Si la única forma de que mi madre recupere

la salud es conociendo la verdad, haré lo que tenga que hacer para forzarte a decirla.

A Rowan se le hizo un nudo en la garganta. Entendía su dolor, pero no iba a rendirse. Wolfe pensaba que no tenía compasión... pues que así fuera.

−¿Por qué no te casas y le das nietos por los que pueda vivir?

En cuanto pronunció esas palabras, supo que había cruzado una línea invisible. La expresión del hombre se volvió una máscara de frialdad.

−Tiene que saber la verdad −dijo, con los dientes apretados−. Y ahora es algo personal.

−Un día u otro tendrás que volver a tu vida de multimillonario.

−Soy famoso por conseguir lo que quiero. Y quiero esto más que nada en el mundo.

Su mirada le quemaba la piel, despertaba la parte de ella que, traidoramente, deseaba a aquel hombre.

−¿Podrás volver al barco con esta lluvia?

Aunque Wolfe parecía hombre suficiente para soportar cualquier cosa, incluso él tenía que ser vulnerable ante los elementos.

−No me ahogaré, querida. Aunque te gustaría.

−No quiero que te ahogues en mi playa.

−¿Por qué? ¿Tienes miedo de matar a otro hombre?

Rowan se puso pálida.

−¿Eso es lo que piensas? ¿Que yo maté a tu hermano?

–No lo sé. Aún no lo sé.

–¿Por qué te resulta imposible creer que él... que fue un accidente?

–Porque, al contrario que tú, Tony era muy cuidadoso con las armas. Nunca habría llevado un arma cargada ni se habría disparado accidentalmente.

–Fue un accidente. Le dije que todo se había acabado y él... perdió la cabeza. Tomó la pistola y...

Rowan no terminó la frase. Tenía la voz rota. Wolfe era como una estatua de bronce, excepto por el brillo de sus ojos verdes.

–Y entonces tropezó y se disparó en el corazón. Invéntate otra historia, cariño. Esa funcionó en Cooksville, donde tu padre era un hombre respetado y sus superiores lo apoyaban, pero yo no creo una sola palabra.

Ella tragó saliva.

–Así fue como ocurrió.

–Eso es mentira. Y voy a probar que es mentira aunque tenga que obligarte a confesar.

Y lo decía en serio. Rowan contuvo un escalofrío de pánico.

–Estás perdiendo el tiempo –murmuró. Entonces oyó que el viento partía la rama de un árbol cercano–. No puedes subir al bote con esta tormenta.

–¿Estás ofreciéndome tu cama? –preguntó él con insolencia.

–No, pero hay un motel en el pueblo.

–¿Y cómo voy a llegar allí? No podrías llevarme en tu moto. Y no, no pienso tomarla prestada.

–¿Cómo has ido al café esta mañana?

–Tu vecino me llevó en su furgoneta.

Jim, claro. Un hombre encantador.

–No te preocupes por mí –dijo Wolfe entonces–. Mi bote está hecho para soportar cualquier tormenta.

–Bajaré contigo a la playa.

–No hace falta.

–Lobo necesita dar un paseo de todas formas.

–Hace demasiado frío.

–No soy de mantequilla –replicó Rowan–. Vamos, Lobo.

El animal se levantó de un salto, moviendo alegremente la cola.

–No vas a salir con esta lluvia.

–¿Perdona? Hace mucho tiempo que nadie me dice lo que tengo que hacer.

–Muy bien –suspiró Wolfe, apretando los labios–. Haz lo que te dé la gana.

Mientras los dos humanos se ponían un chubasquero, Lobo salió corriendo para disfrutar de su paseo nocturno.

Menudo perro guardián, pensó ella, irónica. Parecía haber aceptado a Wolfe como macho dominante.

Milagrosamente, una vez que se habían

puesto los chubasqueros el viento cesó, dejando solo el ruido de las olas golpeando las rocas. Aún no eran lo suficientemente altas como para resultar peligrosas, pero pronto lo serían.

–¿Dónde está el bote?

–En el embarcadero.

Lo había atado a un poste al lado de los escalones. El mar era tan negro como el carbón y golpeaba el viejo muelle de madera salpicándolo de agua.

Con Lobo pegado a sus talones, Rowan encendió la linterna. Quizá debería decirle que se quedase...

«¿Estás loca?», se dijo. Wolfe sabía navegar y no tendría ningún problema para llegar al barco.

–Me iré cuando hayas arrancado el motor.

–Cuidado... las botas de goma son peligrosas cerca del agua –dijo él, subiendo al bote de un salto.

A pesar de todo, Rowan no pudo dejar de admirar la ancha espalda masculina, sus fuertes manos...

–No pienso caerme.

–Eso espero.

–Ten cuidado –dijo ella impulsivamente–. ¿Seguro que podrás llegar al barco?

Wolfe levantó la cabeza. Y Rowan deseó poder pintarlo así, recortado contra la oscuridad. Era el sueño de cualquier mujer: amenazador y poderoso, tremendamente atractivo. Y seguro de sí mismo.

–Puedo hacerlo.

Cuando arrancó el motor del bote, se dio la vuelta, enfadada consigo misma. Pero, al hacerlo, pisó la cola de Lobo y el animal lanzó un grito de dolor. Para no caer encima de él, se giró un poco y... acabó de cabeza en el agua.

Tuvo un segundo para tomar aire. Pero en cuanto las aguas negras se cerraron sobre su cabeza, las botas de goma empezaron a llenarse, tirando de ella hacia abajo. Rowan intentó quitárselas, pero era imposible. Se ahogaría antes de hacerlo.

Intentando contener el pánico, buscó los escalones de madera, esperando que Wolfe hubiera oído el grito de Lobo, esperando que la hubiese visto caer...

Pero tenía que sobrevivir... Rowan abrió los ojos para ver dónde se dirigía y vio una luz. Fue hacia ella desesperadamente, usando toda su energía para evitar que las botas la hundiesen más. Pero no llegaba y estaba quedándose sin aire.

«Voy a morir», pensó. «Me alegro de haber hecho el amor con Wolfe...»

Con el corazón latiendo violentamente y los pulmones comprimidos, estaba casi a punto de rendirse cuando una mano tiró de ella hacia arriba.

Tosiendo, llenando sus pulmones de aire, oyó los frenéticos ladridos de Lobo, que estaba a su lado, en el agua.

–¡Apártate! –gritó Wolfe, tirando de ella hacia los escalones.

Rowan intentó ayudar, pero le pesaban las piernas como el plomo. Si no hubiera sido por la fuerza del hombre, habría vuelto a hundirse.

Por fin lograron llegar al embarcadero y se quedó tumbada sobre las planchas de madera, agotada. Estaba temblando de frío y rabia por ser tan descuidada. ¿Cómo podía haberse caído al agua?

Lobo se tumbó a su lado, llorando. El pobrecito también se había tirado al agua para salvarla y estaba empapado.

–Estoy bien –murmuró, acariciando su cabeza.

–Vamos –dijo Wolfe, quitándole las botas–. Debes moverte para evitar la hipotermia.

Rowan intentó dar unos pasos. Si ella estaba empapada y helada, también lo estaban Wolfe y Lobo.

–No he estado... en el agua lo suficiente como para sufrir hipotermia.

–Pero sí lo suficiente como para haber estado a punto de ahogarte –murmuró él–. Y si no volvemos a casa ahora mismo, acabarás enferma. Vamos, intenta caminar.

Por fin Rowan pudo bajar hasta la casa, sujetándose a su brazo.

–Voy a llenar la bañera de agua caliente y, mientras te bañas, secaré a Lobo.

–No seas tonta –dijo Wolfe, desabrochando su chubasquero–. Tienes los labios morados y no dejas de temblar. Lobo puede soportar esto mucho mejor que nosotros. Ve a darte una ducha caliente mientras lo seco con una toalla.

–No tengo ducha –murmuró Rowan.

–Pues métete en la bañera. Pero el agua debe estar muy caliente.

Una vez en el cuarto de baño, intentó quitarse el jersey empapado, pero no tenía fuerzas. Lo hizo Wolfe, sin mirarla.

Rowan sintió una compleja mezcla de vergüenza y deseo. Y una absurda sensación de seguridad.

–Déjate puesta la ropa interior –dijo él entonces, bajándole los pantalones.

Cuando estaba en braguitas y sujetador, tan empapados que se habían vuelto transparentes, abrió el grifo de la bañera.

–¿Puedes meterte sola?

–No lo sé.

Wolfe la tomó en brazos. Otra vez. Como aquella noche...

–¿El agua está demasiado caliente?

–No, está bien.

–Voy a secar a Lobo y a preparar un café.

Rowan se quedó en la bañera de agua caliente durante lo que le pareció una eternidad, oyendo la voz de Wolfe mientras hablaba con su perro. Le hablaba con afecto, en voz baja, como intentando tranquilizarlo.

Cuando dejó de temblar, se levantó sujetándose a los grifos. Él debía meterse en una bañera de agua caliente lo antes posible...

–Siéntate –lo oyó decir desde la puerta.

–Yo no soy Lobo –protestó Rowan–. Y es tu turno. Debes de estar helado.

Wolfe se había quitado la ropa mojada y estaba envuelto en una manta.

Debería tener un aspecto absurdo, pero no era así. Parecía bárbaro e invencible.

–No te muevas de aquí hasta que te traiga el café.

Volvió poco después, antes de que Rowan hubiera podido recuperarse.

–Gracias.

–Yo sujetaré la taza.

–No hace falta.

Tomó un sorbo de café caliente que le supo a néctar.

–Bébetelo todo –le ordenó Wolfe.

–Sí, señor.

Él sonrió. Solo un segundo. Después se dio la vuelta.

–Lobo...

–Está secándose delante de la chimenea.

Rowan se tomó todo el café antes de salir del agua. Quitarse la ropa interior la dejó exhausta, pero consiguió secarse con una toalla. Después se envolvió en otra y salió del baño.

—Ya puedes entrar. Hay toallas secas en el armario —dijo desde el pasillo.

—¿Estás seca del todo?

—¡Sí!

—Muy bien. Toma una taza de té delante de la chimenea. Y nada de alcohol.

—En mi casa no hay alcohol.

Rowan entró en su habitación y se puso un pantalón de chándal y un jersey del mismo color ámbar que sus ojos. Después se secó bien el pelo y llamó a la puerta del baño.

—Entra —dijo Wolfe.

Estaba de pie, con una toalla alrededor de la cintura. Demasiada piel, pensó ella, intentando no mirar aquel torso de bronce, como el de un atleta, con una fina línea de vello oscuro que desaparecía bajo la toalla.

Demasiado hombre. Wolfe dominaba la habitación y sus pensamientos...

Rowan le ofreció el albornoz que llevaba en la mano, sin mirarlo.

—Espero que te quede bien.

—¿De quién es? —preguntó él.

# Capítulo 7

ROWAN se puso furiosa. Y, sin embargo, Wolfe era irresistible. Sus ojos verdes la hipnotizaban. Pensaba que, si quisiera, podría leer sus pensamientos.

–No es asunto tuyo, pero era de mi padre.

–¿Cómo te sientes?

–Un poco cansada.

–Eres más fuerte de lo que pareces.

Ella se inclinó para tomar la ropa mojada del suelo.

–Déjalo. Yo la meteré en la lavadora.

–Cuanto antes la pongamos delante de la chimenea, antes se secará.

–Delante de la chimenea es donde debes estar tú ahora mismo.

–Puedo...

–Siéntate delante de la chimenea... por favor –dijo Wolfe entonces–. Si no, te llevaré en brazos.

–Muy bien. De acuerdo.

Rowan se dejó caer en el sofá, pensativa, acariciando la cabeza de su perro. La única forma de librarse de él definitivamente era contarle la verdad.

Si no lo hacía, seguiría allí hasta destrozar su paciencia. Pero no podía decírselo.

Y ya que la noche que pasaron juntos no significaba nada para Wolfe, no podía permitir que significara nada para ella... ni eso, ni la enfermedad de la señora Simpson.

¿Debería llamar al jefe de policía, el hombre que tácitamente hizo posible que se ocultasen las circunstancias de la muerte de Tony? No, por supuesto que no. Él era un policía y, si le contaba lo que realmente había ocurrido, se vería obligado a reabrir la investigación.

Pero si no le sacaba nada, Wolfe se pondría a investigar por su cuenta. La había encontrado a ella y le resultaría mucho más fácil dar con el jefe de policía de Cooksville, que seguía en activo.

Lo que tenía que hacer era repetir su historia y aprender a vivir de nuevo con una conciencia culpable.

Aunque decirle a la señora Simpson lo que Tony intentó hacer, no la ayudaría nada... todo lo contrario; sabría entonces lo peligroso que era su querido hijo.

En ese momento, Lobo acarició su pierna con la cabeza.

–Buen chico.

Seguía un poco húmedo, pero Wolfe lo había

secado bien. Y eso significaba que Lobo se dejó, aunque no solía dejar que nadie más que ella lo tocase.

Pero, como Rowan, no tenía alternativa. Aquel hombre parecía adueñarse de todo.

—No podemos contra él, ninguno de los dos —murmuró.

De alguna forma, sin darse cuenta, se había vuelto dependiente de Wolfe. No, eso no. Pero sí vulnerable, de una forma aterradora. Y no tenía nada que ver con una simple atracción física.

Por supuesto, no estaba enamorada de él. No podía estarlo porque apenas lo conocía.

Se encontraba con un grave dilema: convencer a Wolfe de que estaba equivocado sobre la muerte de su hermano y no volver a verlo.

O no convencerlo y dejar que arruinase la carrera de un hombre cuya único pecado fue apoyar a su moribundo padre.

Ambas posibilidades eran insoportables.

Rowan se llevó una mano al corazón. No, no podía estar enamorándose de Wolfe. No, y no.

—No dejaré que ocurra —murmuró.

Sin embargo, su corazón empezó a latir violentamente cuando él entró en el salón. En contraste con la bandeja y las tazas blancas, sus manos parecían oscuras y tremendamente masculinas.

Pero no se dejaría llevar, se dijo. Eso pasaría. Tendría que pasar.

–Ya no estoy temblando.

–Y tus labios han recuperado el color –murmuró él–. ¿Respiras bien?

Rowan se concentró en servir el té, intentando no rozarse el dedo en el que se había clavado una astilla.

–Perfectamente.

Era mentira. Sentía como si le hubieran dado un puñetazo en el estómago.

El olfato debía ser el sentido más sensual, pensó entonces. Porque, cuando Wolfe se acercó, pudo oler aquel aroma tan masculino, tan suyo. Tan excitante.

–Si te gustan los dulces, hay galletas en la despensa.

–Voy por ellas.

Rowan dejó la tetera en la bandeja. Su padre era muy alto, pero a Wolfe el albornoz le quedaba estrecho de hombros y le llegaba solo a la rodilla.

Siempre había pensado que los hombres estaban un poco ridículos en albornoz, pero él no.

Aunque no debía pensar en eso, no debía pensar en nada.

Wolfe volvió poco después con un platito de galletas.

–Gracias por salvarme la vida –dijo Rowan entonces.

–Habrías podido salir si Lobo no se te hubiera tirado encima.

–Pobrecito mío, solo intentaba salvarme –murmuró Rowan, acariciando la cabeza del animal–. Estaba a punto de ahogarme cuando me sacaste... muchas gracias.

–No te habrías visto obligada a acompañarme si no hubiera estado merodeando por aquí anoche –confesó Wolfe entonces–. Sacarte del agua era lo mínimo que podía hacer. Además, todavía no me has dicho lo que quiero saber. Y en cuanto a Lobo, no se le da bien salvar vidas, pero ladraba lo suficiente como para que lo oyesen en Auckland –añadió tocando las orejas del perro, que recibió la caricia con dignidad.

–¿Quieres que te adultere un poco el té? –intentó bromear Rowan.

Él sonrió.

–No, gracias.

–Deberías ponerte un poco de azúcar. Es buena para la hipotermia. Dos cucharadas, además.

Wolfe no puso objeciones.

–¿Cómo te encuentras?

–Bien. ¿Y tú?

–Muy bien. Pero yo no he estado a punto de ahogarme.

Ella se mordió los labios.

–La verdad es que me he dado un susto de muerte.

–Y yo también. Pasará mucho tiempo antes de que olvide lo que ha ocurrido esta noche.

–Ha sido un accidente tan tonto. Intenté no pisar a Lobo y acabé en el agua.

–El pobre Lobo... he tenido que empujarlo para poder sacarte. Estaba histérico.

–Gracias. Pobrecito mío, ha debido pasarlo fatal.

Wolfe añadió un poco de leña al fuego que crepitaba alegremente, ignorante de la tragedia que había estado a punto de ocurrir.

Media hora antes estaban discutiendo allí mismo y, sin embargo, Rowan se sentía diferente, una persona nueva, alterada de una forma sutil, pero innegable.

Era asombroso lo que podía hacerle a una persona el hecho de estar a punto de perder la vida.

–Toma una galleta –dijo Wolfe.

–Gracias.

–Son caseras, ¿no?

–Sí.

–¿Las has hecho tú?

–Sí, claro.

–Una habilidad rara en nuestros días.

¿Qué sabía él sobre las habilidades de la gente normal y corriente?, se preguntó Rowan.

Lobo se levantó, esperando su parte del botín, pero lo suficientemente educado como para no pedirlo.

–Mi abuela era una cocinera estupenda –dijo ella entonces, partiendo una galleta y ofreciéndole la mitad a su perro–. Pero nunca les pongo demasiado azúcar. No quiero engordar.

–No estás gorda, todo lo contrario. Eres una mujer muy seductora. Y seducir es un ejercicio de poder.

–Si te refieres a tu hermano...

–¿A quién si no?

–Yo no seduje a Tony.

–Salías con él, decías que lo amabas y después no querías hacer nada. ¿Eso no es seducir a alguien?

–Primero, yo nunca le dije que lo amaba. Y segundo, ¿es que una persona no puede cambiar de opinión? ¿Quién ha dicho que debes llegar hasta el final con alguien solo por haber salido con él un par de veces? ¿Dónde está escrito?

–No quería decir eso.

Lobo empezó a gruñir al ver que levantaban la voz.

–No pasa nada –dijo Rowan, acariciando su cabeza–. Salí con Tony durante dos meses. No sé lo que sentía, pero nunca hablamos de amor. Y no me quería. Él solo...

–¿Qué?

–Quería demasiado.

–No te entiendo.

Ella se mordió los labios.

–Esperaba demasiado en todos los sentidos.

Wolfe observó la taza que tenía en la mano.

–¿Las has hecho tú?

Aliviada por el cambio de tema, Rowan dejó escapar un suspiro.

–¿Las tazas? Sí.

–¿Por qué llevas una tirita en el dedo?

–No es nada, solo una astilla. He debido clavármela en el embarcadero.

–¿Te has puesto antiséptico?

–Sí, claro.

–Ten cuidado. Esas heridas suelen infectarse.

–Tendré cuidado, no te preocupes. ¿Siempre eres tan protector con las mujeres? –preguntó Rowan, irónica.

–Soy considerado con cualquiera que sea más débil que yo. Pero no te incluyo a ti en esa categoría.

Era una declaración de guerra y un halago a la vez. Pero lo mejor sería dejar el tema.

–No puedes volver al barco, y tu ropa tardará toda la noche en secarse.

Wolfe miró por la ventana. La lluvia seguía golpeando los cristales, cada vez con más fuerza.

–¿Estás sugiriendo que me quede a dormir?

–Tienes que hacerlo –contestó ella, intentando aparentar tranquilidad–. Tengo una habitación para invitados.

–En ese caso, acepto. Y gracias.

Rowan se levantó entonces.

–Voy a dar de cenar a Lobo. Después haré algo para nosotros.

–Haremos la cena juntos.

No le apetecía estar con él en su diminuta cocina. No le apetecía nada.

—Será más fácil que la haga yo sola.

—Esta noche, no. Estás agotada.

Su cansancio no era solo físico. Estar con Wolfe la dejaba exhausta. Pero no quería discutir. Eso era aún más agotador.

—De acuerdo. Vamos, Lobo.

Le sirvió su plato de arroz con carne, como todos los días, pero el fiel animal comía sin dejar de mirar hacia la puerta, tan protector como siempre.

Rowan entendía sus sentimientos. Si cerraba los ojos, la imagen de Wolfe Talamantes estaba impresa en su cerebro: sus arrogantes facciones, la disciplinada autoridad, la gracia masculina y la total confianza en sí mismo.

Durante las últimas semanas había intentado desesperadamente olvidarlo, olvidar todo lo que ocurrió aquella noche. Pero no era capaz. Cada segundo de aquel encuentro estaba grabado en su mente.

Se sentía conectada con él, como si hacer el amor hubiera formado un lazo que trascendiese lo físico.

Y eso la asustaba.

El recuerdo de su hermoso cuerpo desnudo tenía el poder de emocionarla. Era una pasión más allá de lo físico.

Quizá, si lo esculpía en arcilla, se vería libre de aquella obsesión...

Pero nunca posaría para ella. ¿Y cómo podría hacerle justicia al brillo de sus ojos... unos ojos que habían visto demasiado, que conocían sus secretos y querían saber más?

Entonces se preguntó por qué le había pedido que se quedase, en lugar de llamar a Jim, que gustosamente lo habría llevado al pueblo.

Pero no quería molestar a su vecino. Y solo sería una noche. Con Lobo estaba absolutamente a salvo. Incluso sin Lobo estaría segura. Los años que había pasado aprendiendo a defenderse le servirían para escapar de cualquier situación incómoda.

Pero estaba segura de que Wolfe no intentaría atacarla. Él no era como su hermano... él representaba una amenaza para su tranquilidad espiritual, no para su integridad física.

¿O estaba engañándose a sí misma?

Mientras esperaba que terminase la lavadora, miró por la ventana. La lluvia sacudía violentamente las ramas de los árboles que rodeaban su casa. Eran una especie autóctona y en verano se llenaban de flores rojas. En otoño, cuando caían, el agua se teñía del color de la sangre...

Rowan tragó saliva.

Sentía compasión por Laura Simpson y entendía su dolor. Pero no podía contarle la verdad sobre su hijo porque eso la destrozaría aún más.

Por eso no podía perder la cabeza por un hombre que podría convertir su vida en un infierno. Incluso peor que el infierno que tuvo que vivir con Tony.

Cuando llevó la ropa al salón, Wolfe estaba mirando por la ventana.

—¿Por qué no me has llamado? Eso pesa mucho.

—No pesa nada —suspiró ella, intentando colocar el tendedero. Wolfe se lo quitó de las manos, pero no sabía cómo colocarlo—. Quita, lo haré yo.

—Muy bien —sonrió él, volviéndose de nuevo hacia la ventana.

—No creo que a tu barco le pase nada.

—Eso espero.

—¿Por qué se llama como la diosa que convirtió a los hombres de Ulises en cerdos?

—No olvides que Circe se enamoró de Ulises.

—Una mujer peligrosa, desde luego.

—El mundo está lleno de mujeres peligrosas.

De nuevo había vuelto la tensión. De nuevo se refería a ella sin conocerla, sin saber la verdad...

—No creo que tú tengas problemas para quitártelas de encima.

Después se dedicó a colocar la ropa en el tendedero, sin mirarlo.

—¿Te estás pensando lo de ofrecerme santuario para esta noche?

—No. Es que no estoy acostumbrada a tener invitados. En verano, la gente que llega a esta playa sale corriendo al ver a Lobo.

–Y a ti no te gustan los intrusos –sonrió Wolfe.

Primero intentaba amenazarla y, como eso no funcionaba, decidía volverse encantador para sacarle información. Quizá estaba siendo demasiado cínica, pero esa era su conclusión.

Sin embargo, necesitaría más que una sonrisa para persuadirla de que le contase sus secretos.

–Sí, así es. Tengo que trabajar para la siguiente exposición y no me gusta perder el tiempo.

–¿Por qué te has instalado en un sitio tan remoto?

–Mis abuelos vivían aquí. Debido a la profesión de mi padre nos mudábamos continuamente, así que esta casa fue siempre nuestro hogar.

–Si la vendieras podrías comprar una casa más moderna en el pueblo. Ni siquiera tendrías que trabajar en el café. Una propiedad con playa privada vale una fortuna.

–Me gusta vivir aquí. Y me gusta lo que hago –dijo Rowan, encogiéndose de hombros–. Voy a hacer la cena.

–Te ayudo.

Wolfe lavó las patatas mientras ella cortaba lechugas y espárragos para la ensalada. Después preparó una salsa con vinagre balsámico y aceite de oliva virgen y, por fin, puso un par de filetes en la sartén.

Pero Wolfe ocupaba toda la cocina, de modo que cada vez que se movía se encontraba con él. Y cada roce la ponía más nerviosa.

—Ya casi no quedan espárragos —murmuró para aliviar la tensión.

—Ah, llegan horas de grandes cambios. El final de una estación y el principio de otra —suspiró él—. Dime dónde están los cubiertos y pondré la mesa.

Wolfe no entendería que no quisiera dejarlo abrir los armarios. Seguramente él tendría un mayordomo, un ama de llaves, la mejor vajilla y los mejores cubiertos...

—Yo lo haré.

—¿Dónde comemos?

Rowan abrió un cajón y sacó el único mantel decente que poseía.

—En el salón, al lado de la chimenea. Es más agradable que el comedor.

En cuanto desapareció con el mantel, ella sacó cubiertos y platos... los que no estaban desconchados.

Unos minutos después habían empezado a cenar.

—Eres una mujer de muchos talentos: artista, cocinera y, a juzgar por las flores que rodean la casa, jardinera también. ¿Hay algo que no sepas hacer?

—Eso es todo lo que sé hacer. No me pidas que borde o utilice un ordenador.

–Para usar un ordenador no se necesita talento, solo la habilidad de pensar lógicamente y seguir instrucciones –sonrió Wolfe–. Por cierto, en Kura hay un carnicero excelente –añadió, cortando su filete.

–Es Jim.

–¿Tu simpático vecino?

–El mismo. Yo le doy verduras de mi huerto a cambio de carne.

–Ah, qué interesante. Por cierto, ¿no tienes problemas con los topos? En esta zona suele haber muchos.

–Claro que tengo problemas. Son los enemigos naturales de Lobo. Hace unos meses, uno de ellos hizo un agujero debajo del cobertizo y casi se cargó el suelo. Por eso tengo que asustarlos con la escopeta. Ojalá nuestros antepasados se hubieran dejado esos mamíferos en Europa.

–Los pobres no sabían nada de ecología. Trajeron de todo, sin saber el daño que podían hacer –sonrió Wolfe–. ¿No te sientes sola viviendo aquí?

Quizá, pero también se sentía segura. Y prefería que él fuese amenazante y no encantador.

–¿Sola? No, qué va.

–¿Esto también lo has hecho tú? –preguntó Wolfe entonces, señalando la fuente de la fruta.

Era una de sus piezas favoritas. La forma era casi perfecta y el brillo del esmalte reflejaba la luz de la chimenea como si fuera un espejo.

–Sí.

Él rozó entonces la fuente con la punta de los dedos y Rowan sintió un escalofrío. A ella también la había tocado así, suavemente, y después no había sido suave en absoluto...

Concentrándose en la cena, apartó aquellos recuerdos de su cabeza.

–Es precioso.

No era la primera vez que alguien admiraba su trabajo, desde luego. Pero era importante que el admirador fuese precisamente Wolfe.

–Soy una buena artesana –dijo lacónicamente.

–Eres mucho mejor que eso... eres una artista.

–Gracias.

Su casa era una fortaleza y no estaba acostumbrada a que la invadiesen. Por eso, se dijo a sí misma, se sentía rara, lánguida, sin fuerzas.

Según su experiencia, los hombres ricos eran egoístas y exigentes, como niños a los que les hace gracia arrancar las alas de una mariposa.

Desde Tony había evitado cualquier tipo de relación sentimental, ayudada por cinco años de vida casi monacal en Japón.

Pero sospechaba que ninguna experiencia la habría ayudado con Wolfe. Él no se portaba como ningún otro hombre que hubiera conocido.

La noche que pasaron juntos podría no significar nada para él, pero para ella fue una experiencia trascendental. Una experiencia que la marcó profundamente, aunque solo entonces empezaba a entenderlo.

–Debe gustarte mucho tu propia compañía.

–¿Cómo?

–Si no te importa estar sola...

–Tengo a Lobo.

El perro levantó la cabeza, seguramente para ver si le caía un trozo de carne.

–Qué nombre tan poco romántico.

–No se lo puse yo. Se lo pusieron sus criadores.

–Es un animal soberbio. ¿Lo entrenaste tú?

–Sí –contestó Rowan–. Aunque es muy testarudo, le gusta aprender. He tenido que ser muy paciente, pero lo hemos conseguido.

–Creo que eres una experta en artes marciales. De modo que también sabía eso...

–Has estado investigando.

–Por supuesto. Quiero saber todo lo posible sobre mi adversario.

Aquella respuesta seca la hizo sentir un escalofrío.

# Capítulo 8

**M**UY INTELIGENTE por tu parte –dijo Rowan–. ¿Quieres fruta o queso?

–Fruta, gracias.

–Voy a hacer un café...

–No te muevas, yo lo haré –dijo él, levantándose.

Solo tenía puesto el albornoz de su padre, pero podría haber llevado un saco y seguiría teniendo un atractivo masculino mucho más poderoso que el de cualquier otro hombre.

Aunque Rowan estaba irritada consigo misma por la involuntaria reacción que producía en ella, era incapaz de controlarla. De modo que se levantó y empezó a quitar la mesa.

–No hace falta. Estoy bien.

–Rowan –dijo Wolfe entonces, tomándola por la cintura–. Siéntate frente a la chimenea, no tienes que hacer nada.

El calor de sus manos produjo una reacción inmediata: aquel incendio que no podía dominar, aquel deseo de apretarse contra él que la enfurecía y avergonzaba.

Levantó la mirada para decirle que no la tocase, pero se le atragantaron las palabras al ver el brillo de sus ojos.

—No estoy enferma.

—Pero tampoco estás bien.

—Solo un poco cansada —dijo ella, dirigiéndose a la cocina.

Era una retirada y lo sabía. Pero tenía que apartarse de aquel hombre. El brillo que había visto en sus ojos era deseo, puro deseo. Como aquella noche, en su casa.

Pero no había pasado nada, se dijo a sí misma. Aunque su piel quemara como si la hubiese acariciado, no había pasado nada.

Y si se lo decía a sí misma un millón de veces, quizá acabaría por convencerse.

¿Por qué cada vez que la tocaba sentía como si sus huesos estuvieran derritiéndose?

Deseo, pensó, intentando ser sofisticada. Una cuestión de pura y simple química. Esa química había hecho que perdiese la cabeza en cuanto lo vio.

Y seguía sin recuperarse.

Pero si solo era deseo, ¿por qué le importaba tanto lo que pensara de ella?

Cinco minutos más tarde, cuando volvió al salón con la bandeja del café, intentó portarse con normalidad. Con toda la normalidad que permitía la situación, claro.

—Tengo mandarinas y naranjas.

–Gracias.

Wolfe tomó una mandarina y empezó a pelarla, pensativo. Lobo levantó inmediatamente la cabeza al oler la fruta y, cuando le tiró un gajo, lo cazó al vuelo.

–Qué tonto es –sonrió Rowan.

–¿Acepta comida de todo el mundo?

–No, solo de unos pocos. Es un perro muy selectivo.

Wolfe se echó hacia atrás en el sofá.

–¿Tienes que trabajar mañana?

–No, mañana es domingo.

–¿De verdad te gusta trabajar en el café?

Rowan miró su taza.

–Ya te he dicho que me gusta observar a la gente. Y así tengo las tardes libres para trabajar en el taller.

–¿Esa es tu verdadera vocación?

–Es lo más importante del mundo para mí.

–Ya veo.

La chimenea seguía crepitando y la lluvia golpeaba los cristales. Nerviosa, Rowan se tomó el café de un sorbo.

–La verdad es que estoy muy cansada. Voy a lavar los platos y después me iré a la cama.

Wolfe se pasó una mano por el mentón. Un gesto muy simple, pero hizo que le temblasen las piernas. Quizá tenía fiebre, se dijo. Quizá aquel hombre no la afectaba tanto y solo estaba enferma.

—¿Puedes prestarme una cuchilla de afeitar?

—Sí, claro. Dejaré un cepillo de dientes y una cuchilla sobre el lavabo.

Cuando salía del baño se lo encontró en el pasillo.

—Estás muy cansada. Yo fregaré los platos.

—Gracias —dijo ella, sin mirarlo.

—Rowan, dime qué pasó con Tony. Si no, estará siempre entre nosotros.

«Si no, estará siempre entre nosotros».

Su vida se había vuelto increíblemente complicada gracias a aquel hombre de expresión enigmática. No estaba prometiéndole nada y sería absurdo pensarlo. Ni siquiera después de aquella velada sugerencia de que podría haber un futuro para ellos.

—No puedo decirte nada más. Lo siento.

Esperaba que se pusiera furioso, que volviese a amenazarla con reabrir la investigación, pero no fue así. Solo la miró, sin expresión, helado.

—Una pena. Buenas noches, Rowan.

—Buenas noches.

Fue un alivio cerrar la puerta del dormitorio. Unos minutos después, agotada, se quedó dormida. Pero los furiosos ladridos de Lobo la despertaron al rato.

Aterrada, se llevó una mano al corazón. Estaba tan dormida, que tardó en reconocer la voz de Wolfe en el pasillo.

—¿Qué ocurre? —exclamó, saltando de la cama.

–He oído un ruido en la playa.

Lobo dejó de ladrar y empezó a gruñir, con la atención fija en la puerta.

–Podría ser cualquier cosa... un topo o una rata. Lobo es muy territorial.

–No era un animal –dijo Wolfe.

Rowan empezaba a acostumbrarse a la oscuridad y vio los hombros masculinos, la cintura, las estrechas caderas. No llevaba el albornoz... y tampoco nada debajo. Rowan registró el potente olor a hombre y tuvo que morderse los labios.

–A veces ladra por nada –dijo, casi sin voz.

–Voy a salir y...

–¡No! Ya se ha calmado. Sea lo que sea, se habrá ido.

Wolfe no se movió y ella se sintió sofocada, ahogada por su presencia.

–Lo comprobaremos mañana por la mañana.

–Sí, es lo mejor. Creo que deberíamos volver a la cama.

Iba a darse la vuelta cuando oyeron un fuerte chasquido, seguido de un estruendo que resonó en toda la casa.

Lobo se volvió loco y Rowan intentó acercarse a la puerta, pero Wolfe la detuvo.

–Quédate aquí. Creo que ha sido un árbol.

–¿Un árbol? Podría ser el viejo roble... Está muy viejo y pensaba cortarlo con la ayuda de Jim.

–¿Está muy cerca de la casa?

–Sí.

–¿Alguna rama podría haber golpeado el tejado?

–No lo creo. Pero no pienso salir en camisón y tú... no puedes salir así.

Sin pensar, alargó la mano para tocarlo. Se quedó inmóvil, concentrada solo en la punta de sus dedos, en los músculos masculinos, en la suave piel de Wolfe...

«Sal de aquí», le decía una vocecita. «Cuando acepte que no puedo contarle lo que pasó con su hermano, se irá y solo podré recordar esta fiebre, esta locura. Porque en esto somos iguales, somos prisioneros».

–Rowan.

–Wolfe.

–¿Qué?

Pero él sabía. Y estaba tan afectado como ella. Rowan había deseado que llegase aquel momento durante tres semanas porque entonces ninguno conocía el trágico lazo que los unía.

Esa inocencia era importante para ella. Muy importante.

–¿Vas al gimnasio? –preguntó absurdamente.

–¿Eso te importa? –rio Wolfe con suavidad.

–No –contestó Rowan, rindiéndose a la tentación.

No quería pensar más. Solo quería sentir. Si la luz hubiera estado encendida, no se habría atrevido... pero allí, a oscuras, podía olvidar sus miedos.

—No me importa nada.

Y era cierto. En aquel momento era cierto.

Wolfe no pudo controlar el gemido ronco que escapó de su garganta cuando pasó la lengua por su cuello. Como no pudo evitar el beso que ella buscaba.

Aunque sabía que probablemente intentaba distraerlo con el sexo, la envolvió en sus brazos. La delgada tela del camisón no podía protegerla, pero Rowan no parecía querer protección. Se apretaba contra él, besándolo con un ardor que lo hizo olvidarse de todo.

Cuando pudo encontrar fuerzas para apartarse unos centímetros, la besó en el cuello. Y ella respondió con un gemido que encendió su sangre.

Ninguna otra mujer, pensó desesperadamente, había conseguido hacerle eso. ¿Por qué no podía recordar que era su enemiga?

«Dime qué pasó con Tony. Si no, estará siempre entre nosotros».

Lo había dicho unas horas antes, solo unas horas antes.

Rowan lo había mirado entonces con algo parecido a la esperanza, pero enseguida volvió a levantar las barreras. Quizá aquel flirteo aparentemente tímido era su forma de comprobar si la deseaba, si podía manipularlo como hizo con su hermano.

¿Pensaba que podía usar el sexo para hacer que se olvidase de Tony?

Su piel sabía a miel, y a vino y a algo que era solo suyo. A pesar de todo, debía admitir que la deseaba con la misma ferocidad que la había deseado durante aquellas tres semanas.

Pero dos podían jugar al mismo juego. Wolfe deslizó una mano por sus pechos, encantado al oírla gemir de placer.

La primera vez que hicieron el amor fue muy suave; en cuanto se dio cuenta de que era virgen, un placer inexplicable había atemperado su ardor.

Pero aquella vez quería hacérselo con toda la furia que llevaba dentro. Y ella respondería de la misma forma. Quería llevarla a la cama y pasar tantas horas marcándola, haciéndola suya, que no querría volver a acostarse con ningún otro hombre.

Con repentina crueldad, Rowan volvió a besarla.

Aquella vez ella se rindió del todo, abriendo la boca para recibir la erótica exploración, explorándolo a su vez. Y Wolfe olvidó que estaba jugando.

Tomándola en brazos, la llevó a su dormitorio y cerró la puerta con el pie. Después la dejó en el suelo y le quitó el camisón antes de tumbarla en la cama.

Rowan esperaba que fuese como la primera

vez, pero él tenía otras ideas. No dijo una palabra, pero mientras la lluvia golpeaba los cristales, le enseñó más sobre su cuerpo de lo que nunca hubiera imaginado. Le mostró que el placer era un concepto serio que merecía tiempo y esfuerzo.

Las manos del hombre eran expertas mientras la redescubría, pero temblaban cuando ella repetía esas mismas caricias sobre su cuerpo.

Rowan descubrió sensaciones exquisitas, aprendió a recibir placer mientras la besaba por todas partes, acariciándola con manos avariciosas...

Y entonces, cuando estaba gimiendo su nombre, rogándole que la hiciera suya de nuevo, él dijo con voz ronca:

—Esto no va a funcionar, querida. No sé lo lejos que quieres llegar... pero no pienso arriesgarme a dejarte embarazada. Y por muchas veces que hagamos el amor, no voy a marcharme hasta que descubra cómo murió Tony.

Rowan se quedó inmóvil, humillada e incrédula. Y, por fin, saltó de la cama para buscar el camisón. Wolfe no se movió, no intentó detenerla.

—Debe de estar en el suelo —dijo, irónico.

Con el camisón en la mano, Rowan salió dando un portazo. Lobo la esperaba en el pasillo, mirándola con la cabeza ladeada, interrogante.

Volvió entonces a su dormitorio y se metió en la cama con la cara entre las manos.

Odiaba a Wolfe Talamantes. ¡Lo odiaba! Entonces, ¿cómo demonios se había enamorado de él? ¿Y cuándo? ¿Y por qué?

Aquel amor era como un trueno, como un relámpago, tan fuerte que no podía ser más que un encantamiento.

Pero, aunque era demasiado tarde, entendía la verdad. Su corazón la había traicionado enamorándose.

Y ya nunca volvería a ser igual.


Cuando se despertó, el tiempo había cambiado por completo. Después de la tormenta de la noche anterior, el cielo amaneció limpio y brillante. Era una maravillosa mañana de domingo.

Después de ponerse unos vaqueros y una camiseta, salió con Lobo a dar un paseo y a comprobar los desperfectos que había causado la tormenta.

Una de las ramas del viejo roble había caído al suelo, dejando un gran agujero en el tronco.

Su abuelo le había hablado de su abuelo, que había construido la casa y plantado aquel roble en memoria de su hijo, ahogado en la bahía.

Rowan miraba el lío de ramas con lágrimas en los ojos cuando Wolfe apareció por detrás.

–Ese árbol es muy peligroso. Deberías cortarlo.

Ella se dio la vuelta con el corazón acelerado. Lobo, el traidor, se sentó sobre sus patas tan tranquilo.

Debía haber ido a su barco porque se había cambiado de ropa. Y no estaba mirando el árbol, estaba mirándola a ella, pensativo.

–Lo sé.

Lobo escogió aquel momento para regalarle una rama que había arrancado con los dientes. Como siempre que le hacía un regalo, se sentaba moviendo alegremente la cola y Rowan no pudo evitar una carcajada.

–Eres un cielo –susurró, acariciando su cabezota.

Wolfe se aclaró la garganta.

–Ahora que sabes que no vas a poder manipularme con el sexo, ¿cuánto quieres por decirme de una vez qué pasó con mi hermano?

–¿Qué?

–Estoy hablando de dinero. ¿Cuánto quieres por contarme lo que pasó?

Ella apretó los labios.

–¿A cuánto estás dispuesto a llegar?

–Lo suficiente como para que no tengas que trabajar el resto de tu vida. Mi madre es muy importante para mí.

Después dijo una cifra que la dejó boquiabierta.

–No quiero tu dinero, Wolfe. Y, por última vez, no puedo contarte nada más –dijo al fin–. ¿Quieres irte de aquí y no volver nunca? No quiero volver a verte en toda mi vida. No quiero saber nada de ti ni de tu familia.

–No pienso irme hasta que consiga lo que quiero.

–¿Y cómo funciona tu imperio sin ti? –preguntó Rowan, irónica.

–Estoy en contacto por Internet, no te preocupes. Hablarás conmigo o con mi madre, o no tendrás futuro, ni carrera, ni paz en toda tu vida.

Lo decía en serio y ella lo sabía.

–Así que el verdadero Wolfe Talamantes se muestra por fin tal como es.

Lobo empezó a ladrar, pero después se detuvo al reconocer el ruido. Era la camioneta de Jim, su vecino.

–Buenos días, Rowan. Ah, veo que se ha caído una rama. No intentes levantarla sola, ¿eh? Esta tarde te echaré una mano.

–Gracias, Jim –dijo ella, alegrándose como nunca de verlo.

–Tengo un par de pollos de corral para ti. Han estado en el congelador, pero será mejor que los comas en cuanto puedas.

Rowan asintió, acercándose a la camioneta. Pero fue Wolfe quien tomó la bolsa.

–Gracias. ¿Quieres tomar un café, Jim?

–No, muchas gracias. Kevin y yo vamos a comprar unos cangrejos. Hasta luego.

–Hasta luego.

La camioneta desapareció por el camino un segundo después.

–¿Me das la bolsa?

–Pesa mucho –contestó Wolfe–. Rowan, dímelo. Solo tienes que decírmelo y te dejaré en paz.

–Por favor, váyase señor Talamantes. No necesito nada de usted... ni su dinero ni su ayuda.

–Estoy seguro de que no necesitas nada, pero mis padres me enseñaron a portarme como un caballero...

–¡Ja!

–¿Dónde quieres que la ponga?

Suspirando, Rowan abrió la puerta y entró en la cocina.

–Déjala ahí –murmuró, sacando el cuchillo de cortar–. Tengo que trocear los pollos...

–Yo lo haré.

–Tú no sabes hacerlo.

–¿Crees que soy un inútil, un niño mimado?

–Yo no he dicho eso.

–¿Te lo dijo Tony?

–Tony jamás habló mal de ti. Solo me contó que tenía un hermano en Hong Kong.

–Yo crecí como una persona normal. Solía ir de caza con mi padre, así que estoy acostumbrado a despellejar animales.

Rowan hizo una mueca de asco.

–Qué bien. Si insistes...

Wolfe troceó el primer pollo con enorme habilidad, como si lo hiciera todos los días. Pero lo hacía con tal fuerza, con tal ferocidad, que Rowan se alegraba de que el pobre estuviese muerto.

–¿Tienes algo personal contra ese pollo?

Él disimuló una sonrisa.

–No, pero me gusta hacer las cosas bien. Y no abandono hasta que he conseguido lo que quiero.

–¿No me digas?

¿Estaba enfadado? Pues ella también.

–¿Qué hago con los restos?

–Tíralos a la basura.

–¿Dónde está?

–Debajo del fregadero.

Iba a salir a toda prisa de la cocina, pero tropezó con Lobo.

–¿Qué ocurre? ¿Estás bien? –preguntó Wolfe, tomándola del brazo.

–Sí, es que he tropezado. Está empezando a ser una costumbre.

–Mira por dónde andas.

Rowan apretó los dientes. Hacer el amor con él había despertado un ansia, un deseo insaciable. Incluso después de haberla humillado, seguía deseándolo.

Pero no quería, no podía permitirlo. No podía acostarse con un extraño agresivo, con un hombre que la tomaba cuando quería, que le mostraba lo que era el placer para insultarla después.

–No me mires así –dijo Wolfe.

Rowan iba a apartarse, pero no podía. Era incapaz de hacerlo. Y entonces, sin decir una palabra, él la envolvió en sus brazos. Pero no la besó, solo la aplastaba contra su pecho, como desesperado.

Así, apretada contra él, podía entender cómo una parte primitiva del cerebro podía neutralizar la lógica y la razón.

Mezclado con su propio aroma estaba el olor del mar. Si lo chupaba, seguramente sabría a sal, pensó. Avariciosamente, deseando una satisfacción que no volvería a disfrutar, tuvo que hacer un esfuerzo para contener el deseo de pasar la lengua por su cuello.

–Rowan...

El desprecio que había en su voz rompió el hechizo. Avergonzada de estar en sus brazos, se apartó de un salto.

–Por mucho entusiasmo que pongas, no voy a dejar de preguntar qué pasó con mi hermano.

–No he sido yo quien te ha abrazado –murmuró ella, pálida–. Y no pienso ni por un momento que hayas decidido rendirte.

Wolfe la miró de arriba abajo y Rowan tuvo que contener el deseo de cubrirse los pechos. Bajo la camiseta se marcaban claramente los pezones endurecidos.

–Insisto. No va a funcionar.

Ella se encogió de hombros.

–Merecía la pena intentarlo. He guardado algo de pollo para ti. Supongo que tendrás una nevera en ese barco tuyo.

–Si es una forma de invitarme a que me vaya, puedes decirlo claramente.

–Supongo que tendrás cosas más importantes que hacer.

–Cosas que hacer, desde luego. Pero no pienso irme de aquí por ahora.

Cinco minutos después desapareció en la playa. Y Lobo se puso a gimotear.

–Debería darte una charla sobre la lealtad, amigo. Pero tengo que ponerme a trabajar.

Una vez el trabajo la ayudó a olvidar sus problemas. Y volvería a hacerlo, se dijo.

Lobo se quedó dormido sobre la alfombra del taller, mientras ella trabajaba en el torno de alfarero.

Pero no le salía nada, las piezas no tenían sentido alguno.

Rowan se lavó las manos y empezó a dibujar. Poco después se dio cuenta de que estaba dibujando el rostro de Wolfe... Intentaba encontrar el tamaño de los ojos, la proporción de los pómulos y la nariz... pero, aunque se consideraba una buena dibujante, no era capaz de hacerlo.

Por fin, cerró los ojos e intentó recordar. Quería fijar aquella imagen en su mente para poder verla cuando fuese una anciana.

Lobo empezó a ladrar entonces.

—Será Jim...

Pero no era Jim. Era Wolfe, que se acercaba al cobertizo con una expresión terrible.

—¿Qué pasa?

—Mi madre. Está en el hospital. Los médicos creen que va a morir y esta vez no tienes alternativa, Rowan. Haz la maleta y encárgate de que alguien cuide de Lobo durante unos días. O podemos llevarlo con nosotros. Viene un helicóptero hacia aquí.

—Lo siento... pero no puedo contarle lo que pasó, Wolfe. No puedo hacerlo.

—Vendrás a Auckland conmigo aunque tenga que secuestrarte. Y le contarás lo que pasó. Si no lo haces, tu vida será un infierno. Mi madre me importa mucho más que tú.

—No puedes secuestrarme —replicó ella, atónita—. Te denunciaré...

—La única alternativa es que me cuentes ahora mismo qué pasó con mi hermano.

Lo decía en serio. No era una amenaza frívola. Tenía que decírselo y olvidarse de él para siempre. Entendía su dolor, ella habría sacrificado a Tony por su padre.

Pero no tuvo esa opción.

—Si crees que debes proteger a alguien... solo quiero saber la verdad para vivir tranquilo. No habrá denuncias, te lo aseguro.

Rowan lo miró a los ojos.

—¿Puedo confiar en ti?

—Sí.

Un simple monosílabo, pero supo con certeza que podía confiar en aquel hombre.

—Muy bien. Te lo contaré.

# Capítulo 9

ROWAN se sentó frente al torno, pensativa.

–Cuando conocí a Tony me gustó mucho, pero...

–¿Pero qué? –la interrumpió Wolfe.

–Pero pronto empezó a ser demasiado... intenso.

–¿Intenso? Tony era un chico frívolo y feliz. No creo que tuviera un pensamiento intenso en toda su... corta vida.

–Eso es lo que me pareció al principio. Pero cuando fui a Auckland, cambió por completo.

–¿En qué sentido?

Rowan levantó los hombros, intentando relajarse.

–Pensaba que tenía derechos... que yo no estaba preparada para concederle.

–¿Qué derechos?

–¡Derecho a mi vida! Quería saber dónde estaba a cada momento, lo que hacía, con quién lo hacía. Al principio me sentí halagada, pero pronto empecé a cansarme. Él no le daba ninguna importancia a mis estudios y me llamaba continuamente para ir a alguna fiesta, una excursión al puerto, un viaje a Australia... y cuando yo le decía que tenía que estudiar, se enfadaba. Unos meses después se volvió insoportable, así que le dije que quería dejarlo durante un tiempo.

Wolfe apretó los labios.

–Si lo dejaste porque quería estar contigo, ¿por qué lo seguiste a Auckland?

–¡No lo seguí a Auckland, ya te lo he dicho! Yo me había inscrito en la facultad de Bellas Artes. ¿Por qué no me crees?

–Porque Tony decía otra cosa.

Rowan lo miró a los ojos, furiosa.

–¿Y Tony no mentía nunca?

–A mí no.

–Un hombre con tus contactos podría averiguar eso rápidamente. Puedes comprobar que me aceptaron en la facultad de Bellas Artes mucho antes de conocer a Tony.

–Lo haré.

–Yo quería mucho más de la vida que un niño mimado –dijo Rowan entonces.

–Sí, era un niño mimado, eso es verdad. Pero tenía muchas amigas, ¿por qué esa obsesión contigo?

–No lo sé. Pero cuando me negué a salir con él, empezó a acosarme –contestó ella, intentando no revivir la angustia de aquellos meses.

–¿Acosarte? –repitió Wolfe–. No te creo.

Rowan se levantó del taburete y abrió la ventana. Estaba ahogándose.

–Me llamaba día y noche. Siempre parecía saber dónde o con quién estaba. Si salía por la noche, él me esperaba en el portal. Me enviaba regalos, flores... que yo le devolvía. Me escribió cartas, cientos de cartas.

–¿Conservas alguna?

–No, las quemé todas.

–De modo que no hay pruebas... Tendrás que hacerlo mejor –dijo Wolfe, despreciativo–. Dices que Tony era un niño mimado, y lo era en lo referente a mujeres. No habría perdido el tiempo con una chica que lo rechazaba.

–¿Por qué iba a mentir? Si no me crees, te daré el nombre de mis amigos. Ellos saben que es cierto.

–Pero mentirían por ti.

–No, no mentirían por mí –suspiró Rowan–. Ellos pensaban que estaba exagerando, pensaban que Tony era muy romántico. Incluso mi padre lo pensaba –murmuró entonces, recordando la angustia que sufrió con el continuo acoso de Tony.

–Sigue –dijo Wolfe.

–Nunca me dijo nada que pudiera ser considerado una amenaza, pero estaba destrozando mi vida. Me hacía fotografías con teleobjetivo y después me las enviaba a casa. Era como si estuviera vigilándome las veinticuatro horas del día... incluso en el cuarto de baño. El día que cumplí veintiún años, organizó una fiesta sin contar conmigo. Como iban todos mis amigos, tuve que asistir y aparentar que lo pasaba bien.

Aquel día Rowan se asustó mucho porque el brillo en los ojos de Tony prometía algo terrible. Pero ninguno de sus amigos la creía.

—¿Qué pasó?

—En medio de la fiesta sacó un anillo de compromiso y se puso de rodillas, en plan romántico. Yo intenté tomarlo a broma, pero él me obligó a ponérmelo. Cuando se marchó todo el mundo, tuvimos una pelea. Le dije que me dejase en paz, que no quería estar con él, pero Tony me rogó que no lo dejase. Incluso me prometió...

—Dinero —dijo Wolfe.

—Así es. No quería escucharme. Estaba como poseído y... me daba pánico.

—¿Por qué? ¿Porque te había salido mal la jugada?

—¿Qué quieres decir?

—Que después de atormentarlo y humillarlo delante de todo el mundo, te asustaste al ver que perdía el control. Tu padre debería haberte advertido que no se debe tomar el pelo a los hombres. ¿No te dijo que, si lo hacías, acabarías teniendo problemas?

Rowan apretó los puños, tan furiosa que lo habría estrangulado. Nadie la creía. Al principio, ni siquiera la creyó su padre. Tony había ganado de nuevo.

–No me crees...

–Por supuesto que no. Pero admiro tu creatividad.

Ya había oído suficiente. Esa misma mañana, con la frialdad de una calculadora, aquel hombre también le había ofrecido dinero. ¿Por qué demonios estaba poniéndoselo fácil?

–Evidentemente, no tienes ni idea de cómo era tu hermano. No tienes ni idea de lo horrible que es que alguien intente controlar tu vida, que intente decirte lo que debes hacer, cómo y cuándo.

–¿Llamaste a la policía?

–¡Mi padre era policía! Pero incluso él pensaba que yo estaba exagerando. Si no podía convencer a mi padre, ¿cómo iba a convencer a nadie? Le dije a Tony que no lo amaba, que nunca iba a casarme con él... que no iba a casarme con nadie porque quería terminar la carrera y desarrollar mi talento. ¿Y sabes lo que me dijo?

–¿Qué?

–Que estaba engañándome a mí misma, que mis amigos se reían a mis espaldas porque todos sabían que no tenía talento... Ese día se marchó, pero al día siguiente, cuando yo estaba en clase, me robó todos los trabajos de dibujo. Unos trabajos que necesitaba para aprobar el curso... Me llamó por teléfono y dijo que me daría un dibujo por cada noche que durmiese con él. Si no, los quemaría.

Wolfe no se había movido y Rowan no podía leer nada en su rostro, que se mostraba impenetrable.

–Sigue.

–Él sabía que necesitaba esos trabajos para aprobar el curso de dibujo y lo amenacé con llamar a la policía, pero se echó a reír. Le dije que no me prostituiría por esos dibujos... que volvería a hacerlos.

Wolfe apretó los dientes. Sí, en aquel momento debía entender lo que había sentido cuando le ofreció dinero. Debía entender cómo la había insultado.

–Pregúntale a tu madre. Ella me envió los dibujos... cuando Tony murió. Estaban en su apartamento.

–¿Qué pasó después?

–Me dijo que nunca me libraría de él, que yo era suya. Intenté razonar, pero a Tony yo le daba igual... solo era un objeto que quería poseer. Entonces me di cuenta de que nunca me libraría de él. Era increíble que pudiese destrozarme la vida, pero así era y no podía detenerlo. Me fui a casa a pasar el fin de semana y... a pensar. Quería irme a Japón, pero tenía que convencer a mi padre para que no le dijese nada. Tony tenía dinero suficiente como para seguirme a cualquier parte.

–Sigue –dijo Wolfe, sin mirarla.

–Tony apareció en mi casa, pero yo había salido a desayunar con unos amigos. Se encontró con mi padre, que iba a hacer pruebas de tiro, y se ofreció a ir con él. Por lo visto, le preguntó si podía hablar conmigo a solas y a mi padre le pareció bien. Yo acababa de llegar a casa cuando aparecieron ellos –Rowan tragó saliva, recordando de nuevo el pánico que sintió al verlo–. Estaba muy sonriente, y su sonrisa se convirtió en una mueca de triunfo cuando mi padre salió de la habitación para dejarnos solos.

–¿Y qué pasó entonces?

–Le dije que se fuera de mi casa, que no quería saber nada de él y que lo que me estaba haciendo era horrible.

–¿Cómo respondió mi hermano?

–Se echó a reír, como si fuera la broma más divertida del mundo. Y luego dijo que debería estarle agradecida y que aquella era una batalla que yo no iba a ganar.

–¿Qué ocurrió después?

–Llevaba la pistola de mi padre en la mano... hasta ese momento yo no me había dado cuenta. Entonces me apuntó con ella. Vi a mi padre acercarse por el pasillo cuando Tony estaba diciendo que si no me casaba con él me mataría y luego se pegaría un tiro. Lo decía en serio. Me dijo que debía tomar una decisión inmediatamente. Que si él no podía tenerme, no me tendría nadie y...

–¡Por Dios bendito, dime qué pasó!

–Que debió oír pasos y se volvió. Mi padre

gritó que me tirase al suelo y yo obedecí. No vi lo que ocurrió, pero oí el disparo.

—Dios mío...

Rowan cerró los ojos, recordando el horror de aquel momento. El increíble horror de ver a Tony muerto en el suelo de su casa.

—Después de eso, mi padre sufrió un infarto. Llamé a la ambulancia, a la policía... pero era demasiado tarde.

—¿Por qué no le contaste todo esto a la policía?

Ella dejó escapar un suspiro.

—Porque a Tony no se le disparó la pistola. Lo mató mi padre.

—¿Qué? ¿Cómo?

—Mi padre intentó quitarle la pistola, pero Tony no quería soltarla; así que retorció su mano para que lo apuntase a él.

—¿Tu padre te lo contó?

—Sabía que no estaba amenazándome en vano, que iba a disparar, que había perdido el control. Un día antes de morir me dijo lo que debía contarle a la policía. Y me pidió que lo perdonase por no haberme creído.

—¿Y por qué no me lo has contado antes? ¿A quién estabas protegiendo? ¿Al jefe de policía, el amigo de tu padre? ¿Fue él quien te convenció para que testificases como lo hiciste?

—¿Para qué iba a contártelo? ¿Saber esto ayudará a tu madre? Yo conseguí librarme de él, pero el precio fueron dos vidas. ¿Te parece raro que no quiera saber nada de tu familia? Si tu madre muere, Tony habrá matado a tres personas.

Los dos se quedaron en silencio durante largo rato.

—Mi madre siempre supo que estabas escondiendo algo —dijo Wolfe por fin—. Es lógico que no quieras ni vernos. Mi hermano intentó matarte, mi madre te acusó de su muerte delante de todo el mundo, y yo te he tratado como un bestia.

—Quiero olvidar todo esto de una vez por todas. El jefe de policía intuyó que había algo más, pero sabía que ni mi padre ni yo habríamos matado a nadie a sangre fría. No merece perder su puesto por algo así. Además, yo sabía que la verdad no ayudaría a tu madre.

—Eres demasiado compasiva —dijo él—. Y yo no he tenido la decencia de apartarme de ti.

—Siempre he sabido que tú no eras como Tony.

—De pequeño, tenía pataletas si no se salía con la suya. Y era un niño muy mimado. Todos sabíamos que tenía un temperamento violento, pero yo creí que podía controlarse... Había sufrido un accidente de tráfico que le cambió la personalidad y pensé que habría dejado atrás sus cosas de niño.

Rowan apretó los labios. Había hecho el amor con aquel hombre, había estado furiosa con él, fascinada, irritada. Hasta aquel momento no había sentido compasión por él.

–No fue culpa tuya, Wolfe.

–Creo que mi madre sospechaba de ese acoso.

–Tampoco es culpa suya. ¿Qué vas a contarle?

–La verdad.

Rowan abrió la boca para protestar, pero volvió a cerrarla. Wolfe conocía mejor que ella a su madre.

–¿Cómo te enteraste de mi dirección? –preguntó entonces.

–Una amiga de mi madre te vio en el café.

–¿Antes de...?

–Sí, antes de que nos viéramos en la exposición –contestó él.

–Entonces, ¿sabías quién era cuando...?

–Cuando hicimos el amor, sí.

El corazón de Rowan se llenó de furia, de dolor, de rabia.

–¡Vete de aquí! Vete de aquí y nunca... jamás intentes volver a verme.

Lo había dicho con tal fuerza, que Lobo empezó a gruñir amenazador.

–Siento mucho todo lo que mi familia te ha hecho sufrir. Y siento haberte hecho recordar algo que seguramente querías olvidar. Adiós, Rowan –dijo Wolfe, besando su mano–. Buena suerte. Sin duda, veré tu nombre en los periódicos a menudo. Tienes un gran talento... Y si

puedo hacer algo por ti, solo tienes que pedír-
melo.

Con Lobo apretado contra su pierna lo vio
alejarse, la marca de sus labios se había grabado
a fuego en su piel.

En su corazón.

Sin palabras, atónita, vio que un helicóptero
aterrizaba en la playa. Dos hombres bajaron para
sacar al Circe de la bahía. Él subió a la cabina y,
unos segundos después, había desaparecido.

Rowan salió del taller, sin fuerzas, deshecha.

Lo primero que vio al entrar en la casa fue el
albornoz de su padre. Se lo llevó a la cara y, al
oler la colonia de Wolfe, empezó a sollozar.

# Capítulo 10

ROWAN, ¿por qué quieres ponerte esa blusa? —preguntó Bobo, arrugando el ceño—. Te queda fenomenal, pero ahora puedes comprarte lo que quieras...

—Por favor, préstamela. Es un amuleto.

Su representante se aclaró la garganta.

—¿Porque en la última exposición se vendió todo? No sabía que fueras supersticiosa. Muy bien, póntela... y quédatela. Te queda mejor a ti —dijo entonces—. Aunque no necesitas un amuleto... lo que vende es tu talento y esa cualidad misteriosa que tenéis todos los artistas. ¿Quieres la camisola?

—No, gracias. He traído una —sonrió Rowan, esperando disimular su aprensión.

—La verdad, al principio me preguntaba si hacías bien en cambiar de estilo. Pero las figuritas de bronce son magníficas.

—Gracias.

Durante seis meses Rowan había trabajado sin descanso, poniendo todo su corazón en ello.

Y la exposición que había montado incluía figuras de bronce y algunas piezas de cerámica.

–Además. es una gran idea. Aunque has ganado mucho dinero con la cerámica, hay gente que solo se toma en serio el metal. Nuestro querido Frank va a ponerte por las nubes, seguro.

–¿Cómo lo sabes? A lo mejor no le gustan.

–Ya me ha dicho que eres maravillosa –sonrió Bobo–. El día de la presentación se quedó boquiabierto y ya sabes lo respetado que es... estupendo para todos aquellos que necesitan un crítico que les diga lo que deben comprar. Además, Frank sabe de qué está hablando.

Rowan, a quien solo le importaba la opinión de una persona, asintió mientras se ponía la blusa de seda negra.

¿Asistiría Wolfe a la exposición? Sabía que le habían enviado una invitación y tenía mariposas... no murciélagos en el estómago.

Entonces se recordó a sí misma que si Wolfe no aparecía, sería la confirmación de que todo había terminado definitivamente. Y que tendría que empezar a reconstruir su vida sin él.

Durante los meses pasados se había dado cuenta de que ella, como su padre, solo podía amar a una persona. Pero eso no significaba que fuera a marchitarse.

En aquel momento su trabajo era solo un sustituto, pero algún día lograría curar su corazón.

¿O no?

Desde la última vez que se vieron, no había sabido nada de él. Le dijo que no quería volver a verlo y, al contrario que Tony, se lo tomó completamente en serio.

Con el tiempo entendió que se había portado de aquella forma brutal con ella por lealtad a su hermano, por lealtad a su madre.

Había mentido, pero ella también.

Y la soledad fue tan insoportable que, al final, deseó que Wolfe hubiese ignorado su rechazo.

Cada día compraba el periódico pensando que, en algún momento, vería la esquela de su madre, pero no fue así. Y esperaba que Laura Simpson hubiese encontrado la paz por fin.

Pero también buscaba artículos sobre Wolfe Talamantes.

Desde luego no estaba en casa llorando por ella; no había parado desde aquel día.

Rowan intentó concentrarse en su trabajo, pero no podía dejar de pensar en él.

Seguía soñando con sus ojos verdes, con aquellas facciones de conquistador. Por la noche soñaba que oía su voz, que sentía sus manos sobre la piel.

Y cada mañana se despertaba anhelando un amor que nunca sería suyo, un amor que ponía en las estatuillas de bronce.

Irónicamente, Rowan había aprendido a amarlo cuando Wolfe aprendió a confiar en ella.

Unos días después de su partida recibió una carta de Laura Simpson:

*No sabe cuánto siento todo lo que ha pasado. Solo puedo pedirle que nos perdone por acosarla de forma tan terrible. Aunque no hay excusa para lo que hizo Tony, por favor créame si le digo que jamás sospeché que eso pudiera ocurrir. Saber la verdad me ha reconciliado con su muerte. Sé que ha sufrido lo suficiente como para que nuestro apellido le resulte aterrador, pero Wolfe me ha dicho que tiene un corazón generoso; de modo que espero que, con el tiempo, pueda perdonarnos. Quizá incluso a Tony, que le causó tanto dolor.*

*Le deseo toda la suerte del mundo,*
*Laura Simpson*

Wolfe había dicho que tenía un corazón generoso y ese cumplido significaba mucho para ella. «El deseo es algo que aparece y se va».

«Pero el amor, el verdadero amor, es muy diferente».

Rowan seguía luchando porque rendirse a la pena no serviría de nada. Pero cada vez que un barco se acercaba a la bahía, no podía evitar salir a la puerta con la absurda esperanza de que fuera el Circe.

Pero nunca apareció.

Y, en aquel momento, en el apartamento de

Bobo, estaba vistiéndose para otra exposición. ¿Iría Wolfe?

¿Por qué iba a hacerlo? Le había dicho que no quería saber nada de él ni de su familia. Y seguramente estaría al otro lado del mundo, ganando otro millón de dólares en aquel preciso momento.

Rowan se miró al espejo y vio unos ojos brillantes, unas mejillas rosadas y unos labios húmedos que no tenían nada que agradecer a los cosméticos.

–Estás preciosa –dijo su representante–. Venga, vámonos.

La galería estaba llena de gente charlando, riendo, besando al aire, como siempre.

–Parece que ha venido todo el mundo –murmuró Rowan.

–Y veo que ya hay gente comprando –rio su agente, encantada.

Rowan tomó una copa de champán, intentando no buscar una cabeza oscura entre la multitud.

–¡La exposición es un éxito! –exclamó Georgie, la propietaria de la galería–. De verdad, Rowan, me preguntaba si sabías lo que hacías con las figuras de bronce, pero creo que ha sido una idea magnífica. A la gente le encantan.

Ella siguió buscando con la mirada, pero pasaba el tiempo y, al final, tuvo que aceptar que Wolfe no iba a aparecer.

Creía estar preparada para ello, pero un dolor frío como el hielo se instaló en su columna vertebral.

Daba igual que estuviese de luto por un amor que nunca tuvo, que Wolfe y ella solo hubieran compartido un par de noches de pasión...

–¿Rowan? –la llamó Bobo.

Ella se volvió, intentando sonreír, aunque lo único que deseaba era volver a casa y ponerse a llorar.

–¿Sí?

Se quedó helada al ver unos ojos verdes y un rostro como esculpido en granito. Entonces sintió una alegría tan intensa, que tuvo que morderse los labios para no gritar. Pero su corazón empezó a latir con tanta fuerza, que la ahogaba.

–Ya conoces a Wolfe –dijo su representante–. Voy por una copa, ahora vuelvo.

Bobo se perdió entre la gente como un conejo perseguido por un cazador.

–¿Qué haces aquí? –le preguntó Rowan cuando estuvieron solos.

–He reconocido la cicatriz –dijo él, abriendo el catálogo para mostrarle una fotografía.

Era un torso masculino llamado Amor. Y allí, bajo el hombro, estaba la cicatriz que nunca había visto, la que rozó con los dedos mientras hacían el amor.

–Nunca me dijiste qué te pasó –murmuró ella.

–Nunca preguntaste –dijo Wolfe–. Me la hizo

Tony cuando tenía diez años. Lo pillé jugando con mi navaja suiza, algo que tenía completamente prohibido... Le dije que la soltase y me la tiró.

—Qué horror —murmuró Rowan.

—Se asustó mucho al ver que me la había clavado y salió corriendo...

—¡Wolfe! —lo llamó una mujer, con la clase de entusiasmo que proclama a gritos una larga y fascinante historia.

Una pelirroja apareció entonces, pero él tomó a Rowan del brazo.

—Lo siento Tessa, pero ya nos íbamos.

Aún prisionera de aquel ataque de felicidad, Rowan fue con él hasta la puerta, pero se detuvo antes de salir.

—Un momento...

—Vámonos de aquí.

—Bobo...

Pero Bobo le dijo adiós con la mano desde el otro lado de la galería.

—Quiero hablar contigo, pero si deseas quedarte, nos quedaremos.

—Pues... no, será mejor que nos vayamos. No sabía que ibas a venir.

—Tú tenías que dar el primer paso. Tony te había hecho mucho daño y quería demostrarte que no soy como él.

Fueron en silencio hasta el aparcamiento y, desde allí, al garaje de su apartamento.

–¿Cómo está tu madre? –preguntó Rowan cuando subían en el ascensor.

–El médico dice que no existen los milagros, pero a mí me parece que sí –sonrió Wolfe–. Está mucho mejor.

–Me alegro.

Una vez dentro del apartamento, él cerró la puerta y tomó su cara con las manos.

–Llevo esperando esto desde el día que nos separamos.

Rowan asintió, mirándolo a los ojos. No sabía qué decir.

–Wolfe...

–Antes debemos hablar.

Pero ella fue hacia los brazos que la esperaban, diciendo su nombre, el nombre escrito con letras de fuego en su corazón.

–Más tarde. Haremos eso más tarde.

Su boca se llenó de miel, de la miel de los labios del hombre, llenos de promesas.

–Wolfe...

–No me tientes. Lo que tengo que decir es importante.

¿Más importante que aquello? Rowan sonrió.

Y fue esa sonrisa lo que rompió las defensas de Wolfe, como una bala atravesando papel de fumar. Sabía que antes debían hablar, sabía que tomarla con la finura de un tipo recién salido de la cárcel podría matar algo en su relación; pero su sonrisa despertaba un hambre que no había tenido hasta que la conoció.

Como el primer verano, como la promesa del paraíso, sus labios lo llamaban. Ella se lo había dado todo, la agonía del placer, la satisfacción del deseo saciado...

Ya ni siquiera podía controlar sus pensamientos, y mucho menos usarlos como solía hacer para distanciarse de las demandas de su cuerpo.

–Sueño contigo –dijo ella–. Salvaje, libre y dominante. Wolfe, tómame aquí...

Aquellas palabras, pronunciadas con voz ronca, lo incendiaron. Tenía que detener aquello.

–¿Sabes lo que me estás pidiendo?

Sus ojos eran dos joyas brillantes medio escondidas entre las largas pestañas, su boca una flor roja e invitadora, la seda de su piel un tormento. Vio un lunar en su hombro derecho y más que nada en el mundo, incluso más que hacerle el amor, quiso besar aquel lunar.

El poder de su deseo lo abrumaba. Y temía el poder que aquella mujer ejercía sobre él.

Entonces Rowan levantó la cara y pasó la lengua por su garganta, gimiendo suavemente, como si lo encontrase exquisito.

–Rowan... ¡Rowan, por favor, escúchame!

El tono de rabia rompió el encanto. Ella abrió los ojos, asustada. ¿Qué había hecho? ¿Besarlo, echarse encima de él como una gata en celo?

Avergonzada, se cubrió la cara con las manos.

–No pasa nada. No te he traído aquí para portarme como un macho en celo.

–Entonces, ¿para qué me has traído?

–Porque no quería hablar contigo delante de un montón de gente.

Temblando, Rowan cerró los ojos de nuevo. Tenía que calmarse, tenía que calmar los latidos de su corazón, tenía que calmar aquella sensación de estar embrujada.

¿Por qué la había rechazado?

–Por favor, cariño... Lo siento, pensé... ¡Al demonio con todo! Podemos hablar más tarde. En este momento te deseo más allá de lo que puedas imaginar.

Aquella vez no se apartó, besándola con salvaje abandono, el deseo arrebatándoles la capacidad de pensar.

Aquella vez llegaron a la cama. Rowan se quitó la blusa y se frotó contra la dura erección del hombre mientras Wolfe besaba sus pechos a través de la camisola.

Hubo pocos juegos previos; ella estaba más que preparada. Se tomaron el uno al otro, gozándose, perdidos en sensaciones y emociones, libres del pasado.

Rowan levantó las caderas para recibirlo y casi inmediatamente tuvo que gritar su nombre, ahogándose en una nube erótica que quemaba todo, excepto su amor por él.

Wolfe usaba su fuerza y experiencia para encenderla y llevarla cada vez más arriba, sujetándola durante una eternidad hasta que se convulsionó entre sus brazos.

Con la cabeza hacia atrás, el rostro una máscara de placer, Wolfe llegó con ella y, cuando
terminaron, la abrazó como si fuera lo más precioso del mundo.

Tardaron mucho tiempo en recuperar el
aliento.

–Duérmete.

–Creí que querías hablar.

–Se me han quitado las ganas. Hablaremos
por la mañana –sonrió él.

Pero Rowan se despertó poco después, sintiéndose sola. Lo vio frente a la ventana, una si-
lueta alta y oscura recortada contra las luces de
la ciudad.

Parecía estar luchando consigo mismo.

–¿Qué ocurre? ¿Es tu madre?

Wolfe se sentó al borde de la cama.

–No. Es que siempre me había creído un
hombre civilizado.

–No te entiendo.

–¿De verdad quieres saber por qué fui a la exposición?

–¿Por qué?

–Porque eres mía. Mi mujer. Mi hembra.
Suena muy primitivo, pero me siento primitivo
contigo. Me perteneces.

El corazón de Rowan latía salvajemente.

–¿Y qué hay de malo en eso? Tú me perteneces a mí.

–Cuando Tony te dijo eso, lo mandaste al infierno.

–Porque no lo amaba, así de sencillo. El amor hace que nos sintamos primitivos. Yo también me siento posesiva respecto a ti... en la galería, si no le hubieras dicho a la tal Tessa que nos íbamos, se lo habría dicho yo. Y bien claro.

Wolfe tomó su cara entre las manos.

–¿Por qué estás tan segura de que no me portaré como Tony?

–Por instinto. No, más que eso. Tony era un egocéntrico, tú no lo eres. Tony nunca me escuchaba... solo veía y oía lo que quería ver y oír.

–Pero yo me he portado como un bestia.

–Sé que te portabas así porque querías proteger la memoria de tu hermano y la salud de tu madre. Sé que no eres así, Wolfe –sonrió Rowan–. Pero, si no hubiera puesto esa figura en el folleto, no habrías ido a la exposición, ¿verdad?

–No –contestó él–. Pensaba que no tenía derecho. Pero te habría esperado durante el resto de mi vida. Dime por qué me has perdonado. Dímelo.

–Porque te quiero.

–Hay algo más, Rowan.

–¿Qué?

–La primera vez que vi una fotografía tuya, el día que nos conocimos... reconocí el poder que tenías sobre mí. Pero, aunque sabía que estabas relacionada con la muerte de mi hermano, aquella noche no habría podido alejarme de ti por mucho que hubiera querido.

–Entonces, no era solo yo...

–No eras solo tú, Rowan. Fui a la exposición para verte en persona, pero en cuanto te vi... el plan me explotó en la cara. Solo tengo que mirarte y... ni siquiera tengo que mirarte, tu olor me vuelve loco. Hasta el sonido de tu voz cuando me preguntas si quiero leche en el café me hace desear llevarte a la cama.

–A mí me ocurre lo mismo –sonrió ella.

–Nunca me había pasado algo así y me da miedo –le confesó Wolfe entonces–. Aquella primera noche y en la bahía de Kura me sentía como una fiera porque no podía hacer nada contra tu poder de seducción, no podía despegarme de ti.

–¿Lo ves? Tony era diferente. Él estaba convencido de que podría obligarme a hacer lo que quisiera. Eso era lo que me daba tanto miedo.

–Tienes frío –murmuró él, acariciando sus brazos.

–No tengo frío.

–Quizá tendría que abrazarte mientras digo esto –dijo Wolfe entonces con voz ronca.

–Quizá –sonrió Rowan, echándole los brazos al cuello.

–Quería hablar antes de hacer el amor porque... sentía que debía restablecer cierto control.

–Créeme, a mí me pasa lo mismo. No tengo costumbre de irme a la cama con un hombre al que acabo de conocer. Esa noche... pensé que me había vuelto loca. Pero no era eso, era que me había enamorado.

Wolfe levantó su barbilla con un dedo.

–Yo he tardado algún tiempo en darme cuenta. Te quiero... más allá de lo que diga el sentido común, más allá de nada que haya sentido antes. He intentado evitarlo, pero no puedo.

Los ojos de Rowan se llenaron de lágrimas.

–Te quiero, Wolfe. Para siempre.

–Para siempre –repitió él, besándola en las mejillas, en la boca, en los ojos; cada beso, una promesa más sincera que los votos de matrimonio.

–Tu madre me escribió poco después de que te fueras. Me sorprendió que se lo hubieras contado todo.

–Mi madre era una mujer muy fuerte antes de la tragedia. Se lo conté y me dijo: «temía que hubiera sido algo así».

–¿Lo había hecho antes?

–Una vez, pero yo no lo sabía. Mi madre lamenta mucho todo lo que has sufrido y ahora, siendo como es, se dedica a una organización que ayuda a mujeres maltratadas.

–Ah, qué buena idea.

–Y está deseando conocerte. Aunque teme que la odies durante toda tu vida.

–Claro que no. Lo que hizo Tony no fue culpa suya y las acusaciones... al fin y al cabo, era su madre. ¿Tú odias a mi padre por lo que hizo?

–No. Lo entiendo. Yo también mataría para protegerte.

–No podía contártelo, cariño. Era mi secreto. Si hubieras sido un hombre diferente, si hubieras querido venganza...

–No hablemos más de eso –la interrumpió Wolfe–. Ha terminado para siempre. Olvidemos el pasado y pensemos en el futuro.

Rowan sonrió.

–De acuerdo.

–Dime otra vez que me quieres –le ordenó Wolfe.

–Te quiero.

Lo había dicho con tal convicción, que tuvo que creerla.

–¿Vas a casarte conmigo?

Ella vaciló.

–No soy la clase de esposa que tú necesitas. No soy la clase de esposa que nadie necesita. Mi trabajo es parte de mi vida...

–Yo nunca te pediría que lo dejases. Si no quieres casarte conmigo, dímelo y... no sé, viviremos juntos si quieres. Pero debes saber que tú eres la única mujer de mi vida.

Rowan vio la verdad en sus ojos. Ilusionada, tuvo que sonreír.

–Si puedes soportar a una mujer que se pasa el día enterrada en arcilla, me casaré contigo.

–¿Cuándo? ¿Podemos casarnos dentro de tres días?

–¡Sí!

–Con la condición de que nunca dejes tu trabajo. Tu nombre será famoso cuando yo haya sido olvidado –sonrió Wolfe–. ¿Quieres seguir viviendo en Kura?

–Podemos ir allí durante las vacaciones. Pero me gustaría vivir cerca del mar.

–Claro que sí. Y a partir de ahora no creo que viaje tanto. Compraremos un terreno en alguna playa cerca de Auckland y construiremos una casa con un estudio lleno de luz para ti, y muchas habitaciones para... los niños, cuando estés preparada. Y seremos felices, amor mío.

–Sí –sonrió Rowan, con el corazón en la garganta–. Me casaré contigo y tendremos muchos hijos.

–Pues entonces, vamos a hacerlo –rio Wolfe, con los ojos brillantes.

Aquellos ojos con puntitos dorados que amó desde el primer día. Había encontrado oro. El oro de la felicidad.

El oro del amor.

# Acepte 2 de nuestras mejores novelas de amor GRATIS

## ¡Y reciba un regalo sorpresa!

Aquella Navidad era especial

A pesar de que Reece Erskine estaba deseando que acabaran aquellas navidades de una vez por todas, no le importaba darle un par de besos a su vecina Darcy bajo el muérdago. Bueno, un par de besos o lo que hiciera falta... Pero no estaba dispuesto a entablar una relación seria. Después de la dolorosa pérdida de su mujer, su corazón se había endurecido. Las cicatrices del pasado le impedían volver a enamorarse.

Darcy no sabía si podría algún día derribar las barreras que ese hombre había erigido para protegerse del amor...

# Besos en Navidad

Kim Lawrence

# PÍDELO EN TU PUNTO DE VENTA

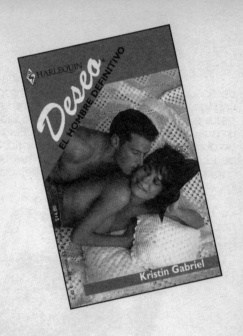

HARLEQUIN

Deseo

EL HOMBRE DEFINITIVO

Kristin Gabriel

¿Sería posible que una falda funcionase como un imán para los hombres? Eso era lo que creía Kate Talavera; al fin y al cabo, gracias a esa falda, dos de sus amigas ya habían encontrado marido. Por eso cuando el sexy Brock Gannon apareció en su vida después de doce años e intentó seducirla, Kate pensó que aquel era el hombre definitivo. Pero ella no podía sospechar que Brock solo iba tras la falda...

**PÍDELO EN TU PUNTO DE VENTA**